光文社文庫

よっつ屋根の下

大崎　梢

光　文　社

よっつ屋根の下

目次 Contents

海に吠える 7
君は青い花 63

川と小石　117

寄り道タペストリー　169

ひとつ空の下　241

解説　北《きた》上《がみ》次《じ》郎《ろう》　294

海に吠える

我が家の転機はぼくが小学六年生のとき、なんの予兆もなくやって来た。

正しくは数年前から火種がくすぶっていたんだろうけれど、子どものぼくにはあずかり知らないことだった。妹はもちろん大人である両親も、こんな大ごとになるとは思ってなかったにちがいない。

ぼくは「転勤」という名の大波にさらわれ、父と共に千葉県の海寄りの町に引っ越した。全国でも有数の水揚げを誇る漁港と、醬油造りで有名な町だった。突端の岬からは、日本で一番早い日の出が見られるそうで、白い灯台がぽつんと建っていた。漁港や醬油はともかく、日の出の意味はわからなかったが、要するに日本列島の中でもっとも東に突き出た場所らしい。

千葉県と聞いたときは東京のとなり、なーんだ、近くじゃないかと思ったが、地図を開いて少なからず落ちこんだ。引っ越し当日、父の運転する車が川をひとつ渡るたびに、背の高いビル群が遠ざかり、家の密集度がやわらぐ。田畑が増える。ぼくの口数はみるみるうちに減っていった。

千葉市を過ぎてから内陸に入り、再び海を見たときは、その上を覆う空の広がりに呆然《ぼうぜん》とした。美しいと思えればよかったのに、何もないがらんどうの、空虚な眺めとしか目に映らなかった。

引っ越し先の住まいは犬吠埼《いぬぼうさき》の近く、外川《とかわ》という漁師町にあった。狭い路地を行ったり来たりして、車体を曲がり角でこすりそうになりながらもたどり着くと、一足先に出た引っ越し屋のトラックが空き地らしい場所に駐《と》まっていた。その近くに横付けして車から降りれば、魚屋の前を通りかかったような生臭《なまぐさ》い匂いがする。何度も生唾《なまつば》を飲みこんだ。そうしなければ吐き気がこみ上げてきそうで。

車に気づいたらしく、小太りのおじさんが駆け寄ってきた。父に「大家さんだよ」と耳打ちされる。同時に指を差されたのは、上下階に二軒ずつ入ったみすぼらしいアパートだった。大家さんが鍵を開けたそうで、すでに荷物の運び込みが始まっていた。冷蔵庫や洗濯機といった家電品は午前中に届き、所定の場所に設置されていた。

荷物は少なかったので作業はまたたくまに終わり、引っ越し屋さんはそそくさと帰っていく。大家さんの姿も消えていた。それからはぼくと父とのふたりで段ボール箱を開け、中身を出して片づけた。暗くなると父がコンビニまで出かけ、弁当を買ってきた。まわりに店屋はほとんどなかったが、車で五分のところにコンビニがあるのは心強い。

翌日の朝食も昼食もコンビニ弁当を食べ、「心強い」が「強すぎる」になってしまう頃、ようやく米が炊かれ、父はカレーライスを作った。じゃが芋と人参《にんじん》とタマネギと肉を適当に切って煮込み、カレーのルーを入れればカレー、クリームシチューの素《もと》を入れればシチュー、砂糖と醬油を入れれば肉じゃが。笑顔で蘊蓄《うんちく》を垂れる父の顔を見ながら、ぼくは他のメニューの心配をしたが、じゃが芋と一緒に飲み込んだ。

土日はそんなふうに過ぎ、月曜日からはお互いに新しい生活が始まる。ぼくの通うべき公立小学校はアパートから歩いて十分ほど。初日だけは父も来てくれたが、職員室の前で先生たちに挨拶《あいさつ》すると、すぐさま新しい勤務先に向かった。ぼくは担任の先生に連れられ、六年二組の教室に入った。

「平山史彰《ひらやまふみあき》くん」と書かれた黒板の前に立ち、よろしくお願いしますと頭を下げる。テレビドラマで何度も見たシーンだ。少しだけ俳優になった気分を味わう。引っ越しも転校も初めての経験だった。

休み時間になると人なつこそうな男の子数人に話しかけられ、東京のどこにいたのかと訊《き》かれた。港区《みなとく》と答えると、ふーんと気のない声が返ってくる。

「テレビで見るような芸能人っていた？」

「クラスに？」

「うん」

「モデルをやってる女の子はいたけど」

すごーいと手を叩くようにしてはしゃぐ。

「写真、持ってる？　その子の写真」

「遠足の写真とかはあったかな。でも、今は持ってない」

どこに越してきたのかと尋《たず》ねるやつもいたが、土地勘がまったくないのでうまく答えられない。アパートだよと言うと驚かれた。アパートなんてあったっけ。見たことないし、入ったこともないそうだ。ぼくも同じ。

「きょうだいは？」

「いるよ。妹がひとり」

「え？　小学生なら今日一緒に転校してきたの？　何年生？」

作り笑いが、このときだけは固まりそうだった。妹は私立の小学校に通っているので、ついてこなかった。母もだ。ぼくはぼくで中学受験をめざし、夏休みも集中講座や強化合宿といった塾のイベントに明け暮れた。秋になり、やっと模試の判定で志望校の合格圏内に入れたのに、すべてが無駄になった。

「まだ来てなくて、もうちょっとあとになりそうなんだ。しばらくはお父さんとのふたり暮らし」

「へえ。お母さんはいないの？」

「妹とあとから来るよ」

転校一日目はそんなふうに、いろいろ緊張しながらも穏やかに時間が過ぎた。二日目も三日目も似たようなものだ。話しかけられたら応じ、そうでなければぼんやりしている。静かでおとなしいやつと思われ、多少は勉強ができるというプラスもマイナスも問題にならず、海に投げ込まれた一匹の魚のように、新しい環境にまぎれてしまえばぼくとしては上出来だ。

父は新しい職場で歓迎会を開いてもらったらしく、その日は酔っ払ってタクシーで帰ってきたが、あとは自分の車で出勤し、買い物などをすませて帰ってくる。カレーや肉じゃがの他、野菜炒《いた》めのバリエーションも披露《ひろう》してもらった。台所が狭いので、おかずはメインがひとつ。味噌汁はあったりなかったり。もう一品のサラダなどは出来合いだ。後片付けはぼくも手伝う。風呂場の掃除は交替で、洗濯は溜まったらするという方針に決まった。

アパートの二階なので、洗濯物は軒先にぶら下げるとよく乾く。バスタオルなどの大物は竿《さお》にかける。強風に煽《あお》られ、吹き飛ばされてしまったこともあった。母がいればと、折に触れて思う。開けっ放しの窓から雨が降り込み、雑誌も洋服も畳もびしょ濡れになったときは特に。父の帰りが遅くなり、カップラーメンで夕飯を済ませたときも。風呂のガスを消し忘れ、湯がぐらぐらに煮立ってしまったときも。

同じクラスの男子がアパートを訪ねてきたのは、転校して二週間が過ぎる頃だった。土曜日の十一時近くだったと思う。金曜日の放課後、教室でぼくのノートを拾ったという。

「国語の宿題、出てただろ？　ないと困るんじゃないかと思って」

佐丸《さまる》という名の、ひょろりとした長身の男子だ。顔もほっそりして顎《あご》は尖っている。目は普通サイズなので、顔の細さに比べて大きく感じる。それを見開いたり細めたり、表情豊かに動かし、しゃべりも面白い。クラスの中心的人物とまではいかないが、友だちは多い方だろう。いつも仲のいい子たちとじゃれ合い、楽しそうにしていた。

ぼくも何度となく話しかけられていたので、国語のノートを受け取り、素直にありがとうと言った。

「今、何してた？」

「別に。ゲームとか」

「暇《ひま》だったら、遊ばない？」

笑顔で言われ、とっさに返事に詰まる。なんとなく振り返ったけれど、部屋には誰もいない。当直が始まり、父はまだ帰っていなかった。テーブルの上にはカップ麺や菓子パンがちらばり、襖《ふすま》の向こうの六畳間には布団が敷きっぱなしだ。襖は半開き状態なので、玄関にいるとほぼ丸見え。さっき脱いだばかりのパジャマが、だらしなく床に伸びていた。

「外に出ようよ」

佐丸は快活に言った。うなずくぼくを見て、階段を下りていった。ぼくは鍵をつかみ、あわただしくスニーカーに足を突っ込んだ。

見られたくなかったものを見られた気恥ずかしさを脇に押しやって考える。遊びってなんだろう。このあたりの小学生は休みの日に何をしてるのだろう。このあたりでなくとも、ぼくにはわからなかったかもしれない。それまでは放課後も休日も塾がほとんどの時間を占めていた。勉強ばかりとは言わない。塾への行き帰りの時間はあるし、買い食いしながら友だちとしゃべる時間もあった。はまっていたゲームもあるし、漫画も読んでいた。ただあらためて、塾や模擬テストの時間を気にせず遊ぶとなると、何があるのだろうと首をひねってしまう。

佐丸は海ではなく、丘の方角へと歩き始めた。坂道を登ることになる。

「どこに行くの？」

「展望台、もう行った？」

「ううん」

丘の上にはその名もずばり、「地球の丸く見える丘展望館」がある。アパートからも徒歩圏だ。散歩がてら行けばよかったのかもしれないが、土日は荷物の片づけや掃除洗濯であっという間に過ぎてしまう。平日にひとりで出かける気にはならなかった。

「犬吠埼の灯台は？」

「まだ」

「マリンパークも？　水族館だよ。灯台に行く途中にあるんだ」

「へえ」

「ヤマサ醤油やヒゲタ醤油の工場見学も、まだぜんぜんか」

笑うしかない。苦笑いってやつ。

「お父さんの仕事の都合でこっちに来たんだろ。見ないうちに、またどっかに行っちゃうんじゃないの？　せっかくだからあちこち遊びに行けばいいのに」

「またどっか、って？」

「もしかして、ここにいるのは長くないのかと思って」

観光名所を次々にあげるところは子どもっぽいのに、いきなり鋭《するど》いことを言う。

「長いよ。何年になるのかはわからないけど、しばらくいるよ」

「じゃあ中学はここ？　公立でいいの？」

進学塾に通っていた話はしたかもしれない。山のてっぺんが見えてきた。最後の急斜面にふたりの息が弾む。

「地球の丸く見える丘展望館」は三階建ての建物だ。土曜日のせいもあるのか、観光客の姿が目に付く。若い人もちらほらいるけど、ほとんどがカメラを手にした年配の人だ。佐丸に誘われ中に入り、エレベーターで三階まで上がった。そこからさらに階段を上り、屋上に出る。

子どもの足でも登れるくらいの小高い丘だけど、周囲に高い建物がないので見晴らしがいい。それもほとんどが海。水平線がぐるりと眺められる。

北には銚子《ちょうし》の市街。父の勤務先もそこにある。利根川《とねがわ》が注ぎ込む銚子港があり、船がいくつも浮かんでいる。そこから東に延びる君ケ浜《きみがはま》。突端に犬吠埼灯台。南に長崎鼻《ながさきばな》というもうひとつの灯台。長崎鼻の付け根に外川の漁港と、それを望む斜面に住宅街がある。西には断崖絶壁の続く屏風ケ浦《びょうぶがうら》。

「おれも転校生なんだ」

佐丸は手すりにもたれかかり、白い灯台を見ながら言った。

「四年のときに引っ越してきた。その前は津田沼《つだぬま》。知ってる?」

「千葉県だっけ。ここよりずっと東京の近く?」

「そう。船橋《ふなばし》のとなり」

「お父さんの仕事の都合かなんか?」

「まあね。うちの場合はここ、母ちゃんの地元なんだ。今はじいちゃんちの離れに住んでる」

ぼくは手すりに頬杖を突き、空と海が混じり合うところに目をやった。

「船橋ならいっぺん行ったことがあるかも」

たしか駅のまわりには高層ビルや大型マンションが建ち並び、デパートもあって、ファストファッションの店だろうが高級ブランド店だろうが豊富に揃っていた。映画館やスポーツ施設、イベントホールなどもあるにちがいない。となりの津田沼も大きな街だと聞いた気がする。

「同じ千葉県でも東京の近くなんだよな。ここからは遠いよ。ときどきはじいちゃんちに来てたから、こっちのことは知ってた。海のすぐそばで、空気はきれいかもしれないけど、一週間もいれば飽きるような漁村だって。平山は? 前もって、下見とか来た?」

「ううん。引っ越しの日が初めて」

そりゃあ驚いただろうと、くったくなく目尻を下げるので、一緒になって笑ってしまった。

「お母さんと妹は東京なんだろ。平山はなんで来たの？　残りたいと思わなかった？」

「思ったよ。すごく悩んだ。でもみんなが残れと言うと、行くって言いたくなるんだよ」

「何それ。天《あま》の邪鬼《じゃく》だっけ」

反対のことばかり言う妖怪《ようかい》だ。

「お父さんはついてきてほしいと言ったよ。だからそこは素直に従った」

「ふーん」

「おかげでコンビニ弁当やカップ麺と仲良くなった。東京にいたときはほとんど食べなかったのに」

「お父さん、料理しないの？」

「するけど、間に合わないことも多いんだ。時間がなかったり、材料がなかったり。慣れればもうちょっとレパートリーも増えると思うよ。父さんだけじゃなく、ぼくも」

ほんとうは増やすより先に、母に来てほしかった。それを言うと重くなるので、向かいから吹いてくる強い潮風に目を細めた。

「ここが知らない土地でもさ、流れ着いてくるのは平山だけじゃないよ。もう聞いた？

銚子には義経《よしつね》伝説があるんだ」

「源《みなもとの》義経？」

「そうそう。兄である頼朝《よりとも》が鎌倉《かまくら》幕府を開いてから、嫌われて、追われる身になるじゃないか。逃げて銚子にまで来るんだよ。しばらく滞在するんだけど、結局みつかって船で東北に向かう」

義経が奥州《おうしゅう》、今で言う東北の藤原《ふじわら》氏を頼《たよ》って北上する話は聞いたことがある。その前に千葉県のはずれまで来ていたのか。

佐丸が手招きするので、南西の方角に移動した。眼下に見えるのが外川の町並みだ。家々の屋根と緑の木立が斜面を埋め尽くしている。

「外川港から西に少し行ったところに『千騎ケ岩《せんがいわ》』っていうのがあって、義経が千騎の兵と共に立てこもったとされている」

「千？　そんなにお供《とも》がいたの？」

「伝説だよ、伝説」

けろりとした顔で、軽くかわされてしまう。

「でもって、そのとなりにあるのが『犬岩《いぬいわ》』。義経はここに来たとき、若丸《わかまる》という愛犬を連れていた。けれど奥州に逃げるとき、どうしても船に乗せられず、浜辺に置き去りにしてしまう。若丸は海に向かって七日七晩鳴き続け、八日目に岩になったんだ」

「え？　いわ？」

聞き間違いかと思ったが、そうではないらしい。

「角度によっては犬みたいに見える岩なんだよ。耳が二本、立っているように見えなくもない」

「ああ、伝説って言ったっけ。つまり、犬の化身《けしん》の岩ってこと？」

「それだ、それ。化身。義経を恋しがって鳴いたのか、置き去りにされて恨《うら》みがましく鳴いたのか。どっちなのかは知らないけど七日七晩だ。根性あるよな」

佐丸はおどけたように肩をすくめてから、東の方角に移った。

「その若丸の鳴き声が、あそこの岬まで聞こえた。だから犬が吠える埼、犬吠埼っていうんだ」

指を差す先に、ろうそくみたいな白い灯台が建っていた。家々の屋根の先に緑の塊《かたまり》が横たわり、さらにその奥にすっくと一本。

「ほんとかよ」

「何が？」

「今の話。犬吠埼のいわれだよ。ほんとうに犬の鳴き声から取った名前？」

「そうらしい。けっこう有名なんだってば」

面白いとぼくは素直に口にし、佐丸は白い歯をのぞかせて笑った。

そのあと銚子の観光マップを見ながら、ひととおりの名所旧跡ガイドを聞き、二階の資料室をぐるりと眺めてから丘を下りた。時計を見れば十二時をまわっている。昼はどうするんだろうと思いながら携帯を見ると、父からメールが入っていた。「どこにいる?」「昼飯はどうする?」という、今まさに自分がしたい質問が画面に表示される。

「誰?　お父さん?　なんだって?」

「昼ご飯はどうするかって」

「おれ、これから宮本《みやもと》んち行くんだ。おまえも来いよ」

宮本の顔はすぐに浮かんだ。小柄《こがら》で歯の出たネズミみたいな男だ。それ以上は思いつかない。家はどこだろう。躊躇《ちゅうちょ》したが、アパートに戻ってもちゃんとした食事は期待できない。「どうする?」と訊いているところからして、インスタントラーメンか、缶詰のミートソーススパゲティか。そんなとこだろう。当直明けの父は食べたら寝てしまう。静かにしなくてはならない。

「ぼくも、いいのかな」

卑屈《ひくつ》にならないよう気をつけたけれど、どうしても顔色をうかがうように訊いてしまう。

「ひとり増えてもどうってことないよ」

義経伝説を語るような気楽さで言われ、ぼくは簡単にメールの返事を書いて送った。ひとり増えても、ということは他にも集まる人がいるのだろう。誰だろう。坂道を途中まで下りたところで、佐丸は港までは出ずに、西へと歩く。だんだん人家《じんか》が減って、かわりにキャベツ畑が広がる。このあたりで採れた野菜を、そうとは知らずに東京で食べていたのかもしれない。

佐丸が振り返り、「やってる、やってる」と目配《めくば》せした。

いつの間にか道沿いに長いブロック塀が延び、その内側からにぎやかな声が聞こえてきた。白い煙が上がり、焦げ臭い匂いもする。塀の切れ目にたどり着いて中をのぞくと、宮本の家はやたら庭が広かった。そこでバーベキューみたいなものが始まっている。

見覚えのあるクラスの男子が数人いた。駆け寄る佐丸に気づいて「おおっ」と声を上げる。来るのがわかっていたのだろう。すぐさま親しげに輪の中に招き入れる。そのあとに続くぼくを見ると、みんな目配せし合ったり、にやにやしたり。

「平山も食べるってさ。なあ、平山」

「うん」

伏し目がちに近づいた。こういうときに図々《ずうずう》しくなれる神経の太さが、猛烈にほしくなる。

「遠慮するなよ。芋を食べるだけだからさ」

佐丸の言葉に、横からさまざまな突っ込みが入った。

「おれんちの芋だぞ。しかも高級品種、紅《べに》あずま」

「燃やしてるのはうちの落ち葉だよ」

「芋、洗ってホイルに包みました〜」

「火をつけてふーふーしてますぅ」

「ソーセージはまだかな。ひとり増えたから三十本はいるな」

「ばか。おまえはイカ食ってろ」

のけ者にするような冷ややかさはなかったので、火のそばに寄ってのぞき込んだ。宮本が金属の棒を差し込み、ほらねと言いたげに、くすぶっている茶色の葉を持ち上げた。銀色の塊が見える。サツマイモなのだろう。

やがて家の中から大きなお盆を持った女の人が出てくる。宮本のお母さんらしい。お盆にはソーセージや椎茸《しいたけ》、ピーマン、小さなおにぎりが載っていた。

新顔のぼくを見て「あら」と目を見開くので、お邪魔しますと頭を下げた。さすが東京から来た坊《ぼう》やだわ、と笑われる。

東京でも食べたことのない昼ご飯を、それからぼくは次々に頬張った。直火《じかび》で炙《あぶ》ったソーセージやおにぎりはもちろん、焼き芋の美味《おい》しさに感動すら覚えてしまう。スイートポテトよりもなめらかで甘くてコクがある。それを言うと方々《ほうぼう》から「だろ、だろ」と得意げな声が返ってきた。

日が暮れてから帰宅すると父はまだ寝ていた。電気をつけ、台所の流しで手を洗っていると、物音が聞こえたのだろう、起き出してきた。ぼくはその日にあったことを、順を追って話した。

佐丸というクラスの男子と展望館に行ったこと。そいつも元転校生で、いろんな話をしたこと。昼ご飯に宮本の家に連れて行ってもらったこと。焚《た》き火の焼き芋がびっくりするほど美味しかったこと。そのあと近くの空き地でサッカーをやったこと。

父は寝癖のついたぼさぼさの髪を動かし、うんうん、そうかそうかと、うなずきながら聞いてくれた。そして手を伸ばし、ぼくの頭や肩、腕までも撫《な》でさすった。

「よかったなあ。こんなに早く友だちができるなんて。フミ、すごいよ。驚いた。ひとりずつ、大事に丁寧に付き合うようにな。最初に来てくれたのは佐丸くんだったか。お父さんも覚えておくよ」

目を潤ませながら言うので、ぼくまで鼻の奥がツンと痛くなった。喜びすぎだよ、お父さん。

仕事先にトラブルがあり、父の身辺があわただしくなったのは夏前のことだった。気を揉んだ母は体調を崩し、寝たり起きたりの状態に。母方の祖母がたびたびやってきては世話を焼いてくれたので、ぼくも妹も助かったのだけれども、ことあるごとに子どもが不憫《ふびん》だ、可哀想だと騒ぐので気が滅入《めい》ってたまらなかった。

現実から目を背《そむ》けるようにぼくは勉強に打ち込んだ。秋になると成果が出始め、ほっとしたのもつかの間、父の転勤が正式に決まった。上に逆《さか》らったための左遷《させん》であり、見せしめを兼ねた島流しだそうだ。こう言ったのは祖父や伯父で、祖母も含めて母の側の親族は皆、父に対して辛辣《しんらつ》だった。

行きたければひとりで行け、すべては自分で招いたこと、家族を巻きこむな、顔も見たくない、さっさと出て行け、ひとりになってやりたいようにやればいい、子どもたちはうちで引き取る、父親の資格などない、こんなことになるなら結婚を許すんじゃなかった、最初から心配していた、しょせん田舎者、いい面汚《つらよご》し。

言いたい放題だ。父は「すみません」「申し訳ありません」と頭を下げ続けたが、家族揃っての転居については譲らなかった。ついてきてほしいと、母にもぼくにも妹にも切々と訴えた。見たこともないほど真剣な顔でリビングのソファーに座り、自分の思いや考えをきちんと話してくれた。でも母は気分が悪そうにぐったりし、父を見ようともしなかった。

それが返答であることは、子ども心にもよくわかった。妹はふたりの顔色を見比べおろおろし、やがて瞬《まばた》きの回数が増えた。お腹《なか》が痛いと言って学校を休むようになった。祖父母や伯父《おじ》はそれを知り、さらに感情的になって父を責め立てた。

ぼくはどうすればよかったのだろう。相談相手すら思い浮かばない。まわりの人に訊けば十中八九、行くなと言っただろう。自分も同じ質問を受けたら、やめとけと答える。せっかくの受験勉強が無駄になるだけでなく、失うものが多すぎた。

都会の真ん中と言っても、静かな住宅街に住んでいたので緑が多く、小さい頃は近所の空き地で昆虫採集もボール遊びもできた。昔ながらの和菓子屋やパン屋、文房具屋もあれば、気取ったセレクトショップやしゃれたカフェもさりげなく街角に溶け込む。色とりどりの花が咲きほこり、街路樹の葉もきれいに茂っていた。

その上、教育水準は日本随一だ。本人のやる気次第で選択肢はいくらでも広がる。何をするにもどこに行くのも便利。流行のものが手に入りやすく、コンサートもライブも観劇もタクシー圏内《けんない》。もっともあの頃のぼくにはそれが当たり前で、こういうものがない暮らしなど想像もつかなかった。

だから、なのだろう。十人のうち九人がNOと言っても、ぼくには迷う余地があった。自分ひとりの本音を取り出したら、一緒に来てほしいという父の気持ちに応えたかった。祖父母や伯父のように父を全否定できない。それどころか口汚い罵《のの》りの数々に辟易《へきえき》し、いつしか反発を募《つの》らせていた。

あんたたちにとっては気に入らない婿《むこ》だろうが、ぼくにとってはたったひとりの父親だ。自業自得だの、男のクズだの、勝手に言うな。

「ついていく。受験はやめる。千葉に住む」

これを口にしたとき、みんな一斉に止めにかかった。祖父や伯父だけでなく、学校の先生や友だち、塾の先生まで説得しようとやっきになった。母はすがるようにして泣き、妹も泣き、祖母も泣いた。

でも決意をひるがえすような助言には、結果として出会わなかった。知らない土地で父親とふたりきり、どうやって暮らしていくんだと言われても、ほんとうにそうだとうなずくしかない。後悔するぞとの脅《おど》しもきかない。誰よりも先に、自分が自分にその言葉をくり返していた。

じっさいぼくは引っ越す前からうじうじと思い悩み、左遷の憂《う》き目《め》に遭った父を密《ひそ》かに恨んだ。家族のためになぜ我慢できなかったのかと、なじる言葉が喉元まで出かかった。祖父母や伯父が植え付けた黒い種はしょっちゅう芽を出し、はびこった。

でも、クラスの子とたった一日遊んだだけで、目を潤ませ洟《はな》をする父を見て、ついてきてよかったと心から思えた。選択はまちがえてなかったと、自分に言えた。

「今日はご馳走《ちそう》にしよう」

「何を作るの？」

「これから考えるんだよ。肉もあるし、じゃが芋もタマネギもキャベツもあるぞ」

それで作ったご馳走気分の料理を、ぼくは結局おかわりしながら食べた。

翌日からクラスの男子との会話も増え、休憩時間も放課後も行動を共にするようになった。受験勉強がなくなれば、時間はあまるほどある。自《おの》ずと付き合いもよくなるというものだ。銚子以外のことでも、流行のドラマやアイドルに詳《くわ》しくないぼくは、「えー」と驚かれながらもあれこれ教えられ、逆に宿題や授業で当てられそうなところはアドバイスめいたことがそれなりにできた。

休日は佐丸や宮本と約束し、マリンパークや醬油工場の見学にも出かけた。佐丸の家は宮本ほどではないが敷地の広い一軒家で、工場見学の帰りに寄ってみると、門柱には「佐丸」と「笠松《かさまつ》」の表札がかかっていた。笠松は母方の実家で、佐丸の一家は増築した部分に住んでいるとのことだ。柴犬系の雑種を飼っていて、それがとてもかわいい。秋生まれなのに、春《はる》という名前だそうだ。もうすぐ三歳になる雄犬《おすいぬ》だ。

宮本の家はあんなに広いのに、猫が幅を利かせているので、昔から犬は番犬用の一匹しか飼ってもらえないという。それもすっかり年老いて、おじいさんが連れて行く朝の散歩が一回きり。あれじゃ番犬にならないと、宮本はしきりにぼやく。アパート住まいのぼくにはペットはいない。

春の散歩に付き合う夕方のひとときは、ぼくや宮本にとってもいい暇つぶしであり、楽しい時間になった。

浜辺に足を延ばすときは、波打ち際まで下りて、春をこっそりけしかけた。近所迷惑になるからと鳴かないようしつけてあるのに、海に向かって吠えろと指示するのだ。佐丸にしてもお母さんには内緒。

まずは三人で声を張り上げ手本を見せた。ワンワン、キャンキャン。

これはもちろん、犬岩伝説へのリスペクトだ。義経の愛犬は七日七晩鳴き通したという。比べものにならない短さだけど、果てしなく広がる水平線に向かって大声を出すと、胸にたまったものまで吐き出せる。馬鹿馬鹿しくて笑えてしまう。最初はとまどっていた春も、ひと鳴きごとに褒《ほ》められて、気をよくしたらしい。尻尾《しっぽ》を振ってぼくたちの声援に応えた。ひっきりなしに寄せては返す波があるので、わめいても鳴いても音ははじけ飛ぶ。

「これじゃあ岬まで聞こえっこないよ」と佐丸。

「ものすごく耳のいい人がいたりして」

宮本はそんなことを言う。

ぼくはしゃがみこみ、春を撫でながら左右の風景に目をやった。

「本物の犬岩はもっとずっと離れているよな」

春を連れてくるのは犬吠埼と長崎鼻の間に横たわる浜辺だった。犬岩は、長崎鼻を行きすぎた先にある。今いるところから姿を望むことはできなかった。

「余計に無理だ」

「伝説だもんね」

「春は置いてきぼりにされないから大丈夫だよ」

犬を飼いたいなあと、つぶらな瞳を見て思った。今のアパートは駄目だけど、もう少し広いところに移ったら。

妹も犬を飼いたがっていた。ぼくはシェットランドシープドッグ、妹はトイプードルかマルチーズ。意見が合わず延び延びになり、父の騒動が起きてそれどころじゃなくなった。でももっと広いところに移ったら。そして母や妹がここに引っ越して来たら。再び家族揃ってひとつ屋根の下に住み、今度こそ犬を飼おう。二匹いっぺんにという我儘《わがまま》も、このさい聞いてもらえるんじゃないか？　ぼくも妹もたくさんの我慢を強いられた。

なんて名前にしようか。

とりとめのないことを考えていたら、春が飛びかかってきて砂浜にひっくり返った。起き上がるより先に胸に載られてしまい、顔をぺろりと舐《な》められる。身をよじって逃げようとしてるうちに、靴の中から髪の毛まで砂まみれだ。佐丸や宮本に笑われた。

しつこく絡《から》まれても舐められても吠えられても、じゃけんにはできない。佐丸の犬でもこんなにかわいいのだから、自分のだったらどれほどだろう。飼えるようになったら、春はぼくの犬と友だちになってくれるだろうか。

銚子に越してきてひと月が過ぎる頃、ようやく母と妹が来ることになった。ちょうど父の研修と重なってしまいがっかりしたが、あとになって知った。土日に父が不在になるので、ぼくをひとりにしないために母が重い腰を上げたのだ。

この「重い腰」というのは、喩《たと》えとして実にぴったりだ。自分の意志を貫いて飛ばされた父にとっては、それなりの覚悟があっての赴任《ふにん》。出身も首都圏ではなく地方都市だし、ひとり暮らしの経験もある。けれどぼくは何も知らない子どもだ。父に引きずられる形でついてきてしまった。

朝から晩まで、生活のすべてを支えてくれる母親がいなくなり、どれほどの不自由を強《し》いられているのか。行って初めて気づくことばかりだろう。困っているにちがいない。食事は誰が作るのか。店屋物《てんやもの》ばかりではないのか。朝ご飯はちゃんと食べているか。掃除や洗濯は？　学校も変わり友だちと離れ、口を利く相手はいるのだろうか。ホームシックにかかってやしないか。

そんなふうに毎日心配して、母は不眠症を悪化させたそうだ。たしかに、送り出すときにはぼくのことを親不孝者となじり、荷造りも手伝ってくれなかったのに、越してきてからはやたらかまいたがる。手作りの料理やお菓子、季節に合わせた衣類、本などをちょくちょく送ってくるし電話もかかってくる。

だったら様子を見に来てくれればいいのに、それに関してはなかなかウンと言わない。特急に乗れば東京駅からたった二時間だ。何度かはっきり「来てよ」と言ったが、声が暗くなり返事を濁される。あとから妹にお母さんを責めないでと怒られた。

銚子に誘うことが、「責める」になるのか？　日本語の通じるふつうの漁村だぞ。コンビニもあればマックもある。年寄りが多いけど、若い人もいっぱいいる。立派な家も建っているし、東京と同じ花も咲いている。

気持ちの問題だと頭では理解できるけれど、その気持ちってなんだろう。会いたいのならフミくんが東京に帰ってきてと言われ、さすがに「えーっ」と非難がましい声が出た。あとから妹にまた叱られた。

そんなやりとりの後、ようやく母は妹を伴《ともな》い「特急しおさい」に乗り込んだ。土曜日の朝、東京駅を九時四十分に出て、銚子駅着が十一時二十七分。父は研修のため早朝に出かけたので、ほんとうに入れ違いだ。ぼくひとりが駅まで迎えに行った。

久しぶりの再会だった。やっぱり会いたかった。来てくれて嬉しい。何度も時計をたしかめているうちに電車が到着し、ドアが開いてふたりが降りてきた。明るい笑顔を見て、羽《は》が生えたように身も心も軽くなる。思わず手を振り駆け寄った。

ふたりの手荷物がひどく少ないことには、会ってすぐに気づいた。妹はまだしも、母はショルダーバッグの他にデパートの紙袋をひとつだけ提げている。近くの知り合いの家にちょっとだけ顔を出すような格好だ。泊まっていくのではないのか？　父の研修が一泊二日であることは聞いているはず。

尋ねたかったが、空気を悪くしたくなくて、素知らぬふりで再会を喜んだ。たったひと月では背も伸びてないだろうが、髪の毛は長くなったかもしれない。切らなきゃねえとさっそく母にいじられ、照れくさくて肩をすくめた。

「醤油工場の見学なら銚子駅だけど、海が見たいなら私鉄の駅が近いんだ。そっちに行こう」

ローカル線のホームまでは、ぼくが先に立って案内した。海というのは妹のリクエストだ。何色の電車か、何両編成かと、弾《はず》む足取りで訊いてくる。いかにも楽しそうにはしゃいでいるのは、妹なりの気づかいなのかもしれない。

その妹はチュニックにスパッツというカジュアルな格好だが、履いている靴がいい感じに決まっている。頬も以前より少しふっくら。減りすぎた体重が戻りつつあるのだろうか。だったらいいけれど。

「わたしね、この前チコちゃんたちとディズニーシーに行ったんだよ。お兄ちゃんにもお土産《みやげ》買ってきた。あとであげるね」

「どんなの？　かわいすぎるものだと使えないよ」

「大丈夫。かっこいいのにしたから」

「ほんとかな」

銚子電鉄のホームは、ＪＲのホームのひとつを使っている。私鉄なのに独立してはおらず、間借りしている形だ。それも、三番線四番線のホームをどんどん歩いて行くと、その先にとってつけたようなゲートがあり、その向こうに一両きりの赤い電車が止まっている。同じホームの前方と後方で、棲《す》み分けがなされている。初めて乗ったときはぼくもびっくりした。

「フミくん、切符はどこで買うの？　私たちは持ってないわよ」

「うん。電車の中で車掌さんから買うんだよ」

目を丸くした母が楽しそうに微笑《ほほえ》むのを見てほっとする。

ぼくはできるかぎり、母と妹に銚子の町を気に入ってほしかった。駅ビルもデパートもないような田舎町だけど、やっていけないほど不便な場所じゃない。千葉まで出れば、かなりの都会だ。なんでも揃う。

少しでも印象を良くして、できるだけ早くに越してきてほしい。その一念だ。妹も転校することになるけど、ぼくが小学校にいるうちなら面倒が見られる。宮本や川口《かわぐち》には妹がいるので、仲良くしてくれるよう頼むこともできる。

「お兄ちゃんとお父さんが住んでいるとこはどのへん？」

「この電車の終点、外川駅の近くだよ」

そこは銚子の町よりさらに辺鄙《へんぴ》なところだが、ふたりが越してくるなら住み替えるという奥の手もある。もともとなぜ漁師町にあるアパートを紹介されたのか、さっぱりわからない。

電車は時刻表通りに発車して、のどかな田園地帯を走り、八つ目の犬吠駅で降りた。時間にしてたったの十五分だ。ここがもう、駅前には何もないところで、母の顔色を気にしながらさっさと道路を渡った。最初に連れて行くのは犬吠埼灯台だ。

ぼくは覚えたての蘊蓄を披露し、明るく元気にガイド役に徹した。幸い、天気も味方してくれた。十一月にしては暖かい日で、空には薄雲が広がっていたものの、徐々に切れ間が増えて灯台の上に上る頃には陽が注いだ。太平洋の眺めはなかなか素晴らしい。

ぼくは母に佐丸の話もした。初めてできた友だちであり、いろんなところを案内してくれた気のいいやつだ。もしかしたら東京のどの友だちよりもウマが合うかもしれない。宮本は人が良くて、根っこの部分がほんとうに優しい。

よかったわねと、微笑んでくれるのを期待していた。父のように目を潤ませろとは言わないまでも、喜んでくれるにちがいないと思っていた。横から話を聞いていた妹でさえ、お兄ちゃんすごいね、もう友だちができたんだねと、見直すように目を輝かせた。

でも母は、曖昧《あいまい》に小首を傾《かし》げるだけだった。意味がわからずストレートに尋ねた。

「ぼくに友だちができたの、喜んではくれないの？」

「そうじゃないわ。元気そうで安心した。でもフミくんは昔から好かれる子だったじゃない。友だちはたくさんいたでしょう？　誰だってフミくんみたいな子とは友だちになりたいのよ。思いやりがあって、よく気がついて、勉強ができてもひけらかさない。誰に対しても公平で意地悪しない。こっちの子だってフミくんに会えば、そりゃあ仲良くなりたいと思うわよ」

そうだろうか。東京に、友だちはたくさんいただろうか。

「それにまだひと月でしょう？　東京からの転校生が珍しいだけかもしれないわ」

佐丸や宮本、川口、鴨沢《かもさわ》、長谷部《はせべ》。次々に顔が浮かぶ。転校生が珍しくてかまってくれた？　そんな単純な話だろうか。それに、ぼくがほんとうに「好かれる子」なら、転校生の効果がなくなっても仲良くしてくれるはずだ。

もやもやしたけれどうまく言葉にできず押し黙った。母のしなやかな腕がぼくの肩を優しく包み、指先にきゅっと力が入る。

「フミくんはお母さんの自慢の息子よ。どこに行っても親切にしてもらえるなんて、お母さんも誇らしい。いろいろ不自由のある中で、頑張ってくれたのね」

これにもどう応えていいのかわからず、ぼくは困惑を隠し、銚子案内に戻ることにした。

「地球の丸く見える丘展望館」からの眺めは素晴らしいけど、坂道が急なので今回はパス。

昼食はこのあたりで一番の寿司屋に入った。エビもマグロも新鮮で美味しいと言ってもらい、気持ちが上を向く。犬吠駅に引き返し、一区間だけ電車に乗って終点の外川で降りる。レトロな駅舎の前では記念写真だ。

そこからは通っている小学校を目指した。斜面の中腹を横に移動していると、左手の路地の先に海が見える。斜面を下っていった先にあるのが港だからだ。風は冷たくなっていたが、家と家の間に水面がきらきらと輝く。何度となく足が止まり、三人して見とれてしまう。

ひと月でやっと馴染《なじ》んできた小学校を紹介し、続いて宮本の家に向かった。焚き火と焼き芋の話をして、左右に広がるキャベツ畑を眺めながらたどり着くと、噂《うわさ》の庭に宮本がいた。行くかもしれないと、こっそり話をつけてあった。気の毒に、うろうろしていたおかげで、物置の片づけをやらされる羽目になったそうだ。

母を紹介すると、宮本は芸能人みたいだと驚き、妹にも目を瞠《みは》った。一瞬の絶句のあと、あたふたと家の中に引っ込む。代わっておばさんが出てきた。濡れた手をエプロンで拭きつつ、サンダル履きで庭に下りる。

母は笑顔を浮かべて挨拶した。いつもお世話になっていますとにこやかに会釈《えしやく》する。おばさんはお茶でもと誘ってくれたが、いえいえと手を振って遠慮する。ぼくは内心、母の提げている紙袋から菓子箱が出てくるのを期待した。

子どもが少しでも親しくなった人、あるいは世話になった人には、必ず気の利いたものを贈る人だ。有名店のブランド菓子はもとより、パッケージのかわいい紅茶のセットだったり、庭に咲いている花のミニブーケだったり、手作りのジャムだったり。気恥ずかしくて持たされるのはいやだったけれど、相手はささやかなものでもとても喜ぶ。女の人だったら効果絶大だ。

だから、おにぎりやジュースをご馳走してくれるおばさんが、「まあ」と喜んでくれるのを期待する。わくわくする。けれど今日に限って何も出てこない。短い立ち話だけで切り上げ、それではと母は会釈した。

宮本の家を辞《じ》してから、今度は佐丸の家に案内する。道々、紙袋に何が入っているのか尋ねると、ぼくの服だそうだ。すごく似合いそうなのをみつけたと。

それから服の話が延々と続く。どこそこの店が二号店を出したとか、あそこの店がカジュアルに力を入れてきたとか、バッグやスニーカーに変わったシリーズができたとか。ぼくは身につけるものに興味のある方だ。Tシャツやソックスにもこだわりがある。服を見て歩くのも、買うのも着るのも好きだ。

けれどこのときは、初めての釣りで取った魚の話や、慣れない包丁を手に、さばいてみての失敗談を聞いてほしかった。

佐丸は家の前の空き地で春を遊ばせていた。春の方が先に気づき、猛烈に尻尾を振ってぼくたちを歓迎してくれた。おっかなびっくりだった妹も、絶対嚙《か》まないと言われ、そばに寄って頭を撫でた。おとなしくて人なつこい春をたちまち気に入って、何度も名前を呼ぶ。

母は佐丸にも、あとから出てきた佐丸のお母さんにも、宮本の家同様、挨拶してくれた。佐丸のお母さんは「きれいなお母さんねえ」と、ぼくを小突く。

「妹さんもとってもかわいらしい。何年生？」

「今、三年生です」

母が答えた。

「いいわねえ。うちは女の子がいないんで羨《うらや》ましいわ。こちらにいらっしゃるご予定は？」

「それがまだはっきりしなくて」

「大人はいろいろありますよね」

「そうなんです。息子のことはもちろん心配なんですけど」

「うちはもう、隆弥《たかや》も春もいいお友だちができて大喜びなんですよ。これからもよろしくお願いします」

母親同士のやりとりの間、子どもたちは春を遊ばせていた。遊んでもらっていたのかもしれない。名前を呼びながら、ちょこちょこ動き回る姿を見ているだけで、和《なご》やかな空気に包まれる。真っ黒な瞳にみつめられて頬がゆるむ。

佐丸親子と別れてから、いよいよ父と住むアパートへと連れていく。行かねばならない。

「このあたりにアパートは珍しいんだって」

何気なく言うと、母はため息をついた。

「ないところに、わざわざ探したのよ。不便なところに追いやられたの」

「どういうこと?」

「お父さんを追い出した人たちが、新しい職場の人たちに、犬吠埼の近くを頼んだみたい。本人の希望だと言って。そんなの嘘よ。お父さんは言ってない。でもこちらの人は真に受けてしまったのね。よかれと思ってのことかしら。それとも、こっちにもいやがらせをしたい人がいるのかしら」

母の言葉はぼくの心に砂袋を落とした。気持ちがどんどん沈んでいく。同時に、ああそうかと合点《がてん》がいった。外川は昔ながらの漁村だ。縁《えん》もゆかりもないよそ者が、移り住むような場所ではない。手頃な賃貸なら町中にもっとある。

「だったら引っ越せばいいよ。お父さんも言ってた。銚子市内にはもっと便利なところがあるって。アパートではなくマンション、ううん、一戸建てもいいよね。お母さんや麻莉《まり》香《か》が来てくれたら、もっとちゃんとした家に引っ越そう。待ってるんだ。ぼくもお父さんもずっと、ふたりが来るのを毎日待ってる」

ぼくは勢い込んで言った。熱く力を込めて、今日一番の本音をぶつけたつもりだ。

「フミくん、マリちゃんの学校を変えるわけにはいかないわ。フミくんもなのよ。今からでもちっとも遅くない。入れる学校はたくさんある。フミくんがお父さんのためを思ってついてきたのは、お母さんにもよくわかっている。やっぱり男の子なんだなって、つくづく思い知らされた。お父さんもすごく嬉しかったと思う。一番心細いときに息子がそばにいてくれたんだもの。どんなに勇気づけられたか。でもね、これ以上はいいわ。フミくんが犠牲になることはない。なってはだめ。もっと自分のことを考えて、東京できちんとした学校に入りましょう」

渾身《こんしん》の一球が、難なく打ち返される。

「できれば年が明ける前に戻ってきてほしいの。今まで通りに家族揃ってお正月を迎えましょう。もちろんお父さんも一緒よ。こちらの学校に馴染んだなら、卒業まで通うのでもいい。前の学校に、今すぐ戻ってきても大丈夫。先生にはちゃんとお話をしてあるのよ。

みんなも待っている。醤油工場の話も焚き火の話も、大喜びで聞いてくれるわ。お父さんも納得しているし。あの人ならひとりでちゃんとやっていけるから」

「お父さんが?」

「そうよ。フミくんの意志を尊重するって言ってる。お父さんだってここがベストとは思っていないのよ。息子の将来を心配している。連れてきたのが自分の我が儘だとよくわかっている」

アパートまで目と鼻の場所だった。移り住んでたった一ヶ月の、狭くて古びた陰気くさい2DK。母と妹が泊まってくれると、本気で思っていたのだろうか。昨日、夜遅くまでかかってできる限り片づけた。新聞紙も雑誌も部屋の隅にきちんと積み重ね、洗濯物もたたんでタンスに押し込んだ。流しの三角コーナーも洗った。でも、ざらざらした土壁と安っぽい蛍光灯の灯《あか》りはどうしようもない。こんなところで暮らしているのかと、どん引きされるのが落ちだ。

「今日の夜、どうするの? パジャマとか、持ってきてないよね」

一応、訊いてみた。

母はにっこり笑って答えた。

「夕方の切符を三枚、買ってあるの。一緒に帰ってそのままずっととは言わないわ。でも一度、東京に戻りましょうよ。おじいちゃんもおばあちゃんも首を長くして待っている。フミくんに会いたいフミくんに会いたいって、そればかり。顔を見せて、安心させてあげて。今日でなくとも明日でいいわ。今晩は三人で美味しいものを食べましょう。フミくんは自分の部屋で、何も心配せずぐっすり眠ればいいのよ」

外川駅から港に下りて、道端のブロックに腰かけ、波に揺れる船を眺めた。水平線に薄雲がかかっているので太陽はその中に隠れ、ぼんやりとした夕焼けが申し訳程度に広がっていた。

風が冷たい。膝を抱えて背中を丸める。遠くでぽーっと汽笛が鳴った。ぱたぱたとエンジン音も聞こえる。仕事に向かう船が、港を出て行く。

あれに乗ってどこかに行ってしまいたい。銚子でも東京でもない、遠いどこか。そう思っていると犬の鳴き声がした。

「春――」

佐丸が犬に引っぱられてやってきた。

「なんだよ、こんなところにいたのか。春がさ、急にこっちに行こうって聞かなくて。おまえの匂いがしたのかな」

ぼくは膝を抱えていた腕を解《ほど》き、足を地面に下ろして腰を浮かした。広げた腕の中に、春が駆け寄ってきた。体に触れると温かくて、夢中で抱きしめてしまう。驚いたように身じろぎするも、撫でてやるとじっとしてくれる。

「おまえ、ひとり？　お母さんは？」

「帰った」

佐丸は声にならない声で「え？」と訊き返す。

「ぼくの分まで特急券が買ってあった。東京に連れて帰るつもりだったらしい」

「そうか」

ぽつんとつぶやくようなその返事は、少し意外だった。顔を上げて佐丸の方を向くと、居心地悪そうに目をそらす。

「一緒に帰ればよかったのにって思う？」

「そうじゃないよ」

「だったら何？」

突っかかるように聞き返してしまったが、別に機嫌を悪くしたわけじゃない。自分でも何が何だかわからなかった。

「おまえのお母さん、ほんとうにきれいだよな。このあたりに住んで、晩ご飯を作ったり洗濯物を干したりするのが想像できない。帰ったと聞いたらなんとなく安心した。変だな。ごめん」

「あやまらなくていいよ。そういうことか。ぼくは早くここに来て、早く馴染んでほしかった。馬鹿だな。なんにもわかってないんだ」

父も同類だ。男ふたりは結局、母の本心をちっとも理解してない。理解できないのかもしれない。

冷静に考えれば、母は電車を降りたときからこの土地にも、住んでいる人たちにも、よそよそしかった。親しくなる気がまったくないのだ。「お世話になっております」とは言った。でも、「これからもよろしくお願いします」とは口にしなかった。ぼくに友だちができたのも予想外の、嬉しくない展開だったのかもしれない。ホームシックになり、東京に帰りたいと言い出すことを期待していたのか。

「なあ、いつまでここにいるんだよ。暗くなってきた。寒いよ。帰ろう」

佐丸に言われて立ち上がった。春からもらっていたぬくもりが、あっという間に消え失せる。湿った海風は身震いするほど冷えていた。誰もいないアパートはもっと薄ら寒いのだろう。そこに帰らなくてはならない。ぼくの家はあそこだ。

重い足取りで歩き始めると携帯が振動し、父からのメールが届いた。「今はどこにいる?」「どうしている?」という短い文面だ。ぼくが「外川港」とだけ書いて返信すると、電話がかかってきた。

久しぶりの母や妹との再会の後、夕方には東京に向かうと聞いていたらしい。拒否して残ったと知ると、研修を切り上げ帰って来ると言う。ぼくはそれを聞き、声が詰まった。

大丈夫だよ、いつもの当直の夜と同じだよ、そう笑い飛ばせればいいのにできない。

佐丸に気づかれないよう目を瞬《しばたた》き、手を伸ばして春の頭を撫でた。お父さんに会いたいと、うつむきがちに言った妹を思い出す。あれは妹の本心だ。痛いほどよくわかる。お父さんは優しい。鈍《にぶ》いところもあるけれど、家族のことを大事に思っている。一緒に暮らしたいと心の底から願っている。

でもお母さんはお母さんで、どうしても譲れないものがあるのだろう。たとえ家族を二《に》分《ぶん》することになってでも。そうさせてしまうお父さんに憤《いきどお》っている。

母が銚子を訪れた翌週のことだ。クラスの女の子に話しかけられた。上村亜美《うえむらあみ》という、長い髪の毛をふたつに結んだ子だ。これといって特徴のない顔をしているので、学校の外で会ったら誰なのかわからなかったかもしれない。

上村に限らず、ぼくは女の子のことをさっぱり覚えていなかった。それどころじゃない、というのが一番の理由だ。佐丸に誘ってもらい、クラスの男子や学校のまわり、家のまわりを覚えたり馴染んだりするので手一杯だった。

だから呼び止められ、「ちょっといい？」などと切り出され、どぎまぎした。上村にときめいたのではなく、シチュエーション的にすごく久しぶりで。これでもぼくは前の学校にいた頃、まあまあ女の子に人気があった。誰もいないところでこっそりプレゼントを渡されたり、休みの日にどこかに行かないかと誘われたり、伝言みたいな形で他の子の告白を聞いたりは経験済みだ。

上村もしきりにまわりを気にして廊下をちらちら見ていたので、ぼくまで緊張してしまう。

「何か、用事？」

言いにくそうにしているので、ぼくから尋ねた。

「うん。あのね、平山くんのお父さんって、お医者さんよね。銚子さくら病院で働いているでしょう？」

その通りだ。内科に勤めている。

「どうして東京から銚子に来たのか、噂がね、流れているの」

「噂？」

上村は目を伏せ、肩をすぼめ、もじもじしてから口を開いた。

「東京の病院で働いているとき、すごくまずいことがあったって」

血の気が引いた。なんの話だ？

「噂よ、噂。私も聞いてびっくりしたの。絶対そんなことないだろうけど、聞こえるとやっぱりちょっと気になって。だって、東京の大きな病院にいた立派な先生が、いきなり銚子に飛ばされるって、あんまりないことでしょう？　大人はそう言うのよ」

「もういい」

ぼくは上村を睨《にら》みつけ、踵《きびす》を返した。教室から出ようとしたが、その腕を摑《つか》まれる。

「なんでちゃんと聞いてくれないの？　ただの噂なら、ちがうって言ってくれればいいでしょう？」

「どうせろくでもない話だろ。言いたいやつには言わせておけばいい」

「そんなふうに言ってもいいの？　噂が広まったら、ここにいられなくなるかもよ」

もちろん、言わせておけばいい、というのは強がりだった。それ以上聞くのが恐くて逃げ出したかった。ぼくの心はぐらぐら揺れて、足まで震えそうだった。クラスの女の子に弱味を見せたくないのに、脅し文句を振り切るほどの力は残っていない。だから無防備に、続く言葉を聞いてしまう。

「大人は言ってる。東京の病院で、医療ミスをしたからって」

さすがにさらりと言いのけたわけではない。上村の声は強《こわ》ばり、ところどころ溜めながらの、それゆえ鬼気迫《ききせま》る告発だった。

「誰がそう言ってる？」

「え？」

「言えよ。誰がその、でたらめな噂を流している？」

ぼくの頭は真っ白になった。リセットボタンを押したように、ごちゃごちゃ渦巻いていたものがすっと消える。

上村は摑んでいた手を離し、体を後ろに引いた。

「答えろってば。おまえは誰からその噂を聞いたんだ。家の人？　大人だって言ったな。そうなのか？」

「ちがう。なによ、でたらめって」

「ミスを犯したのは別の医者だ。病院はそれを隠そうとした。お父さんは明らかにすべきだと意見して、病院の偉い人たちを怒らせ、こっちに飛ばされたんだ。まだかよ。ここに来ても、まだ悪く言われるのか。いいかげんにしろ」

口惜《くちお》しさと憤りでぼくの頭は再びごちゃごちゃになった。恐くて震えるのではなく、赤黒いものが体中を駆けめぐり、じっとしていられない。

「黙ってないで何か言え。噂を流しているのはおまえんちのお父さんか、お母さんか」

「悪くないなら、なんで外川に来たの。こんなド田舎。東京にいられなくなったから来たんでしょ」

正しいことをしても、それが認められなければ「正しい」にはならない。ここに来るまでの間にさんざん思い知った現実だ。ベテランの先生が当直を抜け出してどこかに行ってしまい、ひとりきりの研修医が急変した患者と運び込まれた急患にあたふたし、投薬ミスを犯した。これが事実なら、責められるべきははっきりしている。でも病院はすべてをうやむやにしようとした。

父は、医者の個人的なミスに白黒つけたかったわけじゃない。事実を重く受け止めつつ、事故の起きない体制作りに尽力すべきだと主張した。目に余ることは今までに何度もあったらしい。見過ごすことがもうできなかったのだ。父だけでなく、声を上げた人は他にもいる。外科医がひとりと、看護師が三人、事務員がひとり。このうち内科医の父と外科医は飛ばされ、看護師のひとりは退職した。他の人たちがどうなったのかはわからない。病院のその後も聞こえてこない。

父が自分の進退を賭けて起こした内部告発は、不運なことにぼくらの家族全員を巻きこんだ。母方の祖父は製薬メーカーの重役だった。病院長と旧知の間柄であり、伯父も同様だ。父を説得するよう病院長直々《じきじき》に頼まれ、祖父はふたつ返事で引き受けた。説き伏せる自信があったのだろう。それまでは従順な婿だった。甘く見ていたところ、父はどんな説得にも応じなかった。脅されても屈しない。板挟みになった母が体調を崩し、家族を犠牲にするのかとなじられても曲げない。ぼくや妹や母を自宅の居間に集め、事の顚末《てんまつ》を語ると同時に、一緒に銚子に行ってほしいと訴えた。

「悪いことはしてない。でも人を陥《おとし》いれるやつはいるんだ。くだらない噂話を流しているやつに、おれだって言いたいことがある。お父さんだって黙ってない。誰だよ。教えろ」

「いろんな人よ」

「だから誰。言うまで帰さない」

ドアの前で足に力を入れて肩をそびやかすと、上村は顔を歪《ゆが》めてべそをかいた。知らないとか、わからないとかごまかそうとするので、腹が立って今にも殴りそうになった。拳《こぶし》を握りしめると、上村は身をすくめ泣きわめくようにして言った。

「佐丸よ。佐丸のお母さん」

え？

「病院で働いているの。知らない？　聞いてない？　佐丸のお母さんがしゃべってたんだよ」

嘘だ。何それ。病院勤めっていうのも聞いてない。働いているのは知っていたけれど。

「佐丸んちはこっちに引っ越してくる少し前に、お父さんが死んじゃったの。だから、お母さんも佐丸も、お父さんと一緒に引っ越してきた平山くんのことが羨ましいんだよ。それで、わざと噂を流しているんだよ。ほんとうだよ」

まさか。体中が冷たくなってうまく動かない。握った拳が人の手みたいだ。

そのとき廊下に話し声がした。立ち尽くしている間にも近づいてきて、ドアからひょいと顔がのぞく。宮本と川口だ。

「あ、平山。いたんだ。もう帰ったかと思った」

「よかった。今日の社会の宿題……」

言いかけて、ふたりはぼくと上村のただならぬ雰囲気に気づいて息を飲んだ。

「どうかした？」

眉をひそめる宮本にぼくは尋ねた。

「佐丸のお母さんって、銚子さくら病院で働いてるの？」

「うん」

「お父さんはここに来る前に亡くなった？」

宮本はぼくと上村の顔を見比べながらうなずいた。それ以上、訊けなかった。今にも佐丸が現れそうで、恐くてたまらない。上村の話が大嘘かもしれないのに、あのおばさんがまさかと思うのに、もしかしてという疑いがぼくのすべてを凍り付かせる。足元に大きな穴が空《あ》いているようだ。じっと立っているつもりが、吸い込まれるように落ちていく。

気がついたら駆け出していた。廊下を走り、階段を下りて、靴を履き替え、学校から飛び出す。地面を蹴って蹴って蹴って、呼吸が間に合わず苦しい。心臓も肺も胃袋も吐き出してしまいそうだ。

外川の集落を抜け、電車の駅を通り越し、やみくもに進んでいると次の駅である犬吠駅のホームが見えてきた。手前で曲がって海に向かう。家には帰れない。宮本や川口が訪ねてくるかもしれない。ぼくに真実を告げるかもしれない。

佐丸がほんとうはぼくを嫌ってるっていうこと。ちっとも友だちじゃないこと。陥れようとしていること。

ちがうかもしれない。すべてが上村の嘘で、佐丸も佐丸のおばさんも、ぼくの思っている通りの人かもしれない。

どちらかだ。マルかバツか。右か左か。黒か白か。

コインを投げるように簡単。「かもしれない」がすべてなくなる。裏か表か、答えはひとつ。すぐに決着がつく。

ぼくはそれを知りたくなかった。佐丸の本心を知りたくない。決着なんかいらない。黙々と足を動かしていると横風が強くなる。マリンパークの前を行きすぎると白い灯台が見えてくる。ここも佐丸と一緒に行った。銚子はやつとの想い出だらけだ。逃げたくても逃げられない。想い出が追いかけてくる。ぼくをからめ取ろうとする。

初めて登った「地球の丸く見える丘展望館」から眺めた海が、一足ごとに近くなる。灯台のまわりはがらんとしている。誰かにすぐみつかりそうで、岩場に巡らされた遊歩道へと下りることにした。急な階段をたどっていると波音が大きくなる。西の空に雲が広がり、夕陽はほとんど隠れてしまった。あたりに人影はなく、暗くて寒い。

ちょうどよかった。ぼくは誰にも気づかれそうもない岩場の窪《くぼ》みをみつけ、遊歩道から離れたそこに身を寄せた。しゃがんで膝を抱え、背中を丸めて目をつぶる。やっと息がつける。震えが治まりそうだ。逃げられる気がした。このままじっとしていよう。してるから、いっそ岩にしてほしい。義経を思いながら鳴き続け、岩になった若丸のように。

どれくらいそうしていただろうか。指先が痛いほど冷えたところで、上着のポケットの振動に気づいた。携帯電話が鳴っていた。取り出してもたもたしている間に止まってしまう。父からだった。何かあったのだろうか。容体が急変した患者さんがいたのか。夕飯までに間に合わないという連絡か。

ディスプレイをみつめているとまたかかってきた。

「もしもし」

「フミか。フミなんだな。今、どこにいる？」

なんだろう。すごくあわてている。

「どうかした？」

「どうかしたじゃない。心配したぞ。今、どこにいる？　お父さん、すぐに行くから。今いるところを言いなさい」

学校から連絡が行ったのか。宮本や川口の顔が浮かんだ。

「もしもし、フミ、聞こえるか？」

「お父さん、ぼく、友だちのことが信じられないよ。すごくだいじで、すごく大切な友だちなのに、信じることができないんだ」

少し間を置いてから返事があった。

「それは、とても大切だからだよ。なくしたくない気持ちが強すぎて、恐くなるんだ。お父さんもこの一年、ずっとそうだった」

「うん」

他の誰でもない、お父さんの言葉だからうなずけた。病院に意見書を提出すると決めてから、まわりの人たちの多くは変わってしまったのだろう。仲がいいと思っていた人にも、心ない態度を取られた。

「でもな、自分は自分で精一杯、誠実にやっていくしかないんだ。フミもだぞ。おまえが優しさや思いやりを持っていれば、必ず気づいてくれる人がいる。応えてくれる人がいる。それは信じていいぞ。お父さんが言うんだからな、まちがいない。大丈夫だ。恐くない。恐くても、投げ出すな。お父さんも投げ出さない。おまえも投げ出すな」

初めての引っ越しで、初めてできた友だち。今、一番だいじな友だち。信じろと、父は言わなかった。人の気持ちは人の気持ちだ。自分ではどうにもならない。自分自身の気持ちをなんとかするしかない。

少しでも、誠実に。思いやりを忘れずに。

ぼくにとっての佐丸ではなく、佐丸にとってのぼくは、どんなクラスメイトだっただろう。

あいつのお父さんが銚子に引っ越す前に亡くなったことは知らなかった。春をけしかけ、若丸のまねをして、海に向かってワンワンと吠えたとき、あいつはお父さんを思い出していたのだろうか。自分を置いて逝《い》ってしまった父親のことを。

波の音がふっと静まった。傾いた半月が海原《うなばら》の上に浮かんでいる。

犬の鳴き声がした。

手足に力を入れ、窪みから体を起こす。耳を澄ます。寄せては返す潮騒《しおさい》の中に、かすかに混じる、聞き覚えのある鳴き声。

「春」という名前の由来を尋ねたとき、お父さんがつけたと佐丸は言っていた。秋生まれの子犬だったのに、「春」。半年後の春から、銚子での新しい暮らしが始まるとわかっていたから。

でもその春に、お父さんはもういなかった。

ぼくは岩場から這い出し、立ち上がった。よろよろと歩き出す。

犬の鳴き声が聞こえたよ。だよな、だってここは。犬吠埼。

白い灯台の前で、佐丸と声を合わせられたらいいなと思う。一緒に笑えたらもっといいなと思う。そうなれるような人間を、ぼくはめざさなきゃいけないんだ。

後日、佐丸は自分の家族についてこう語った。

「おれの親父も、よしゃいいのに上司に嚙みついて、窓際に追いやられて会社を辞めたんだ。母ちゃんは平山のお父さんの噂話を病院で聞いて、似ていると笑ってた。そして、あんたと同じ年の男の子がいるらしい、もしも転校してきたら仲良くしてあげなさいって」その通りに、かまってくれたわけだ。佐丸のお父さんは心筋梗塞《しんきんこうそく》で倒れ、そのまま亡くなってしまったという。会社を辞めるにあたり、仕事の整理その他いろいろあって、心身ともに無理が重なったのかもしれない。

ぼくの父の左遷の理由、それが医療ミスによるという噂話は、入院中のおばあさんから聞きかじったゴシップを、上村がわざわざぼくに聞かせただけだった。宮本に言わせると、「平山の気が引きたかったんだよ」だって。冗談じゃない。

上村はぼくの剣幕に焦《あせ》り、誰から聞いたかとしつこく迫られ、入院中の祖母だとバレたらまずいととっさに考えた。内科のお世話になっているのだ。先生に嫌われたら祖母に何をされるかわからないと恐くなったらしい。

すっかり窮地に陥り、そもそもなんでこうなったのか、男同士でつるんで遊んでばかりじゃないか、私が話しかけても無視して、といろいろ思ったそうで（宮本談）、考えているうちに佐丸の母親が病院の事務をしているのを思い出した。これ幸いと、すべておっかぶせた。

口からでまかせとはいえ、よく出たものだ。どうやらほら吹きは常習犯らしい。

腹は立ったけれど、ごめんなさいと頭を下げて謝ってきたので、「今回だけは」と許すことにした。

「ほんとうはね、おばあちゃん、平山先生のことすごく褒めていたの。優しくて親切だって。ずっとここにいてくれるといいなって。ね、いつまで銚子にいるのかな。きっとすぐ帰っちゃうね。医療ミスしてないならすぐでしょう？　東京に戻るんだよね」

ぼくは返事に困り、曖昧に首をひねった。三階にある教室の窓からはかすかに海が見える。よっぽど晴れた日じゃなきゃ水平線は見えないけれど、灰色と灰色の境目に向かって、思わずワンワンと声を上げたくなった。

君は青い花

何年ぶりだろう。すぐには思い浮かばないほど久しぶりに顔を合わせた男から、滋《しげる》はこう言われた。

「なぜ君なんだとずっと思っていた。どうして自分じゃないんだろうってね。でも」

言葉を切り、男は片方だけ吊り上げた唇に悪意を込める。

「今は『なーんだ』のひと言だ。いわゆる、若気の至りってやつだろ。聞いたよ、いろいろと。大変だったな、平山《ひらやま》くん。実に君らしい」

わざとらしく口を開けて笑い、ごめんごめんとこっちの肩を叩いてみせる。突然のことすぎて、頭がうまくまわらず惚《ほう》けた顔しかできない。言われている言葉の意味さえすぐには飲み込めない。

「彼女はまちがえたんだ。ふさわしいのはやっぱり君じゃなかった。最初から、そんなのわかりきったことだったのに」

瞬間的に体が強《こわ》ばり、カウンターのスツールから腰を浮かした。滋が手を出す前に、男の連れが間に入り、男を力尽《ちからず》くで押し戻す。そうとう酔いがまわっていたらしい。暴言を吐いた男はフロアにひっくり返る。口汚く悪態を吐き散らすも、自力では立ち上がれない。黒服のウェイターが見かねて駆け寄ってきた。もうひとりの連れがぺこぺこ頭を下げながら現れる。両手に手荷物を抱えている。暴言男は数人がかりでつまみ出されていった。

それを見送ってからカウンター席に座り直す。滋の目の前に新しく作られた水割りが置かれた。バーテンダーが気を利かせたらしい。すみませんと会釈すると、いいえと返ってくる。フロアには何事もなかったかのように談笑が戻りつつあった。

都心のホテルにあるバーラウンジ、窓越しに見える夜景はそぼふる雨に煙《けぶ》っていた。

「知り合いですよね？」

となりに座る職場の後輩が控え目な口調で話しかけてきた。

「ぜんぜん、と言いたいところだけど。じっさい名前だってろくに覚えていないんだ。『くらした』だったか、『くらしな』か」

口にして思い出す。倉科明雄《くらしなあきお》だ。

「すみません、ぼくが誘ったりしなければ」

「よせよ。まったく気がつかなかったが、向こうは先にいたんだろ。こっちが入ってきたときから目を付けてたに決まってる」

「そんな感じですね。かなり出来上がっているところに、さらに何杯か引っかけて立ち上がったみたいです。近づいて来るときから、足元がふらついていましたよ」

「酒の力を借りて気が大きくなったのか」

滋は水滴のついたグラスに手を伸ばした。喉《のど》を潤したかったが指先に力が入らない。

「それにしても執念深いやつだ。びっくりした。一発お見舞いしてやればよかったけど、いざとなると言葉さえ出ない。情けないな」

平静を装うことをあきらめ、正直に言った。

「誰でもそうですよ。何が何やらで。立ち入ったことは聞かない方がいいですよね」

「気になるだろ？」

苦笑いを浮かべると、後輩の瀬尾《せお》はためらうことなくうなずいた。こちらも正直だ。

「考えてみれば因縁ってのがあるのかもしれない。このホテルはさっきの男と初めて顔を合わせた場所なんだ」

「そうなんですか」

「まだ医大生だった頃、六年生だよ。五月の半《なか》ば過ぎだったな。ここで中之島《なかのしま》教授の喜寿《きじゅ》を祝うパーティが催されたんだ」

「免疫《めんえき》学の権威と言われた方ですよね。すごいな、平山さん。まだ学生の頃からそういった雲の上の先生と知り合いでしたか」

「ちがうよ。何もせずに招待券が舞い込むような身分じゃない。前の年の秋に、命からがらの、パニック映画を地で行くような出来事があったからだ」

あの日がなければ自分は郷里の病院で、おそらく今も足尾《あしお》山地や男体山《なんたいさん》を眺めながら、地元の人たちの診察に勤《いそ》しんでいただろう。医学部を志した高校生の頃から、なんの疑いもなく漠然と思い描いていた将来像だった。


父親は役所勤めの公務員、兄弟は男ばかり三人。滋はその真ん中だった。

理数系の成績が良かったので、夢や憧《あこが》れに力試し気分も加え、医者になりたいと言うと家族みんな驚いた。兄と弟はそのあとすぐ「かっけー」と面白がったが、両親は困惑し、とてもとてもと首を横に振った。一介の公務員に医学部の学費は無理という、わかりやすい理由だ。

そのわりには奨学金制度を入念に調べ、公立ならばと言い出し、北陸にある地方大学の医学部に合格すると涙ぐむほど喜んだ。授業料は公立なので抑えられていたが、下宿代に加え、教科書代や参考書代が馬鹿にならない。滋自身は授業についていくのが精一杯でバイトもままならず、結局は家族みんなの世話になった。母親はパートの時間を増やし、父親は家事を手伝い、兄は地元の大学に通っていたが早朝や深夜のバイトを入れた。弟は高校卒業後、町工場に就職した。

いいからちゃんと勉強しなさいと言われ、仕送りを受け続け、留年だけは免《まぬが》れて五年生まで漕ぎ着けた。あとは怒濤《どとう》の実習ラッシュをくぐり抜け、卒業試験と国家試験を突破するだけ。研修医になれば少しは稼げるようになる。割を食わせてしまった兄や弟にも顔向けできる。

そう思っていた矢先、免疫学の大沢《おおさわ》教授から呼び出しを受けた。滋だけでなく、同級生の小滝《こたき》や土井《どい》も一緒だった。

「おまえら、次の実習は明後日からだろ。明日は空いてるよな。ちょっと手伝えや」

とたんに三人とも退路を確認した。予習やレポートを思えば休んでばかりもいられないとは言え、せっかくの貴重な休日を棒に振りたくない。そういう学生の心理を読み切った顔で大沢教授はにっこり微笑《ほほえ》んだ。

「おれじゃないよ。中之島教授のお手伝いだ」

聞き流すことのできない名前だった。免疫学において数々の業績を上げたその道の権威であり、滋の大学には特任教授として招かれ、新たなる研究室の立ち上げに寄与した。任期満了に伴い、東京にある出身大学へと戻るのだけれども、そこでも破格のポストが用意されているという話だった。

本来、滋たちのような研究室所属でもない一介の学生が親しく口を利けるような相手ではない。大きな階段教室の片隅で、特別講義を何度か拝聴したのがせいぜい。けれどそういう学生だからこそ、白羽《しらは》の矢《や》が立つこともある。

頼まれたのは教授専用の執務室を畳むさいの力仕事だ。折しも日本海に秋台風がのぼってくる最中《さなか》のことだった。勢力を保ったまま北陸地方に近づき、場合によっては上陸するかもしれないとの予報に、引っ越し作業は急ピッチで進める必要があった。

早朝から駆り出され、昼過ぎには荷造りを終えホッとしたのもつかの間、滋たち学生三人は他ならぬ教授本人に手招きされ、間借りしている市内の住まいも手伝ってくれないかと頼まれた。断るなど考えられなかった。雑用とはいえ、直々《じきじき》に頼まれること自体が誇らしい。相手は高名な医学博士なのだ。

風雨が強まる中、先に行ってくれとタクシー代を手渡された。勇んで教えられた住所に駆けつけると、そこは風情《ふぜい》ある、いや、むしろありすぎる古民家だった。迎えてくれたのは老婦人ひとりきり。教授の奥方だった。引っ越しの荷造りはそれなりに進んでいるようだが、目下の問題は上陸の公算が高まる大型台風対策だ。

聞けば、古民家住まいは夫人たっての望みだったらしい。友人を招いてさまざまなイベントを催したと楽しげに語る。春のお花見、夏の蛍《ほたる》観賞、秋のミニコンサート、冬のカルタ会。たいへん微笑ましいが、十数年ぶりと言われる巨大暴風雨の直撃は愉快なイベントにはなりそうもない。

三人はその場で家屋の補強案を練り、手分けして雨戸に板を打ち付けた。飛ばされそうな植木を庭の隅に寄せ、ばたばた風に煽《あお》られている雨樋《あまどい》を縛り付ける。バケツ類は物置に片づけ、すでに折れ曲がっていたアンテナも撤去した。分厚い雲のせいで昼から暗かったが、本格的な日暮れの前には、地元の自警団《じけいだん》が巡回に現れた。

年配の女性では心もとないと思ったのだろう。男三人に直接災害の予測と対策を教えてくれた。

近くに用水路があるのでひょっとすると水があふれるかもしれない。床下はさておき、床上まで来ることはないだろうから慌てないように。家の背後にあるのは竹林で、山までは距離がある。土砂崩れに見舞われる心配はほぼないが、竹が折れて屋根に当たる危険は否《いな》めない。音や震動があってもすぐ見に行ったりせず、万が一雨漏りしても室内での対処に努めること。風雨が収まり、危険が去るのを慎重に待つように。

補強の具合をざっと点検してもらい、大丈夫だろうと言われ、ようやく家の中に入った。貸してもらった雨合羽《あまがっぱ》を着ていたが、三人とも全身びしょ濡れだ。夫人の用意してくれたTシャツやズボンに着替え、そこからは懐中電灯やら非常食の準備にとりかかる。

雨戸をぴったり閉じていても雷鳴が聞こえる。どこかに落ちたのだろう、ズシンと鈍い震動が走った。

そんな中、ようやく教授が帰宅した。もはやタクシーは手配できず、大学の職員が家の前まで送ってくれたそうだ。その車も引き返してしまい、滋たちは必然的に留まることになる。「すまないねえ」「いえいえ、お役に立てれば」などとやりとりしていると、ひときわ大きな雷が轟《とどろ》き、勝手口から悲鳴が聞こえた。

すっ飛んでいくと、ぐっしょり濡れた夫人が半泣きでおろおろしている。

「マイケルが。マイケルが……」

教授宅の飼い犬の名前だ。毛足の長い茶色の小型犬で、あとから滋はキャバリアという犬種だと教えられた。教授夫妻は赴任先に二匹の愛犬を伴っていた。もう一匹は白いトイプードルでルーシーという。教授宅を訪れてすぐに紹介されたが、台風対策に奔走《ほんそう》していたので頭を撫でるひまもなかった。

「外から何か聞こえて、ルーシーのような気がしたの。あの子、前にもほんの小さな隙間から外に出ていってしまったことがあったでしょ」

夫人は教授にそう説明した。勝手口のそばには物置小屋があり、雨でも行き来できるよう、軒《のき》と軒の間にトタンがかけてある。夫人はサンダル履きでそこに出て、ルーシーの名前を呼んだという。

「そのときマイケルが一緒に外に出てしまったの。すぐに抱き上げようとしたんだけれど、急に辺り一面が光って、ものすごく大きな雷の音が」

マイケルは驚きのあまりパニックに陥ったらしい。夫人の制止も聞かず、どこかに走り去ってしまった。

トタン屋根ではしのげない風雨に、ともかく夫人を勝手口の中に入れた。体が冷えたのと動揺とで、いたいたしいほど震えている。台所の隅からはルーシーの不安げな鳴き声が聞こえた。段ボールの陰から顔をのぞかせている。外にいるのではと思ったのは早とちりだったのだ。

それに気づいた夫人はいっそう取り乱した。マイケルを捜しに行こうとするのをみんなで押しとどめた。

「君たち、ここを頼むよ。私はちょっとそこまで見てくる」

夫人を台所にあげたところで、今度は教授が雨具を手にする。危ないですよ、と滋たちは口々に言うが、マイケルが心配でたまらないらしい。振り切ってでも出ていこうとするので、代わりに見てくると誰からともなく申し出た。

濡れた雨合羽を再び着込み、フードを目深《まぶか》にかぶり、長靴よりもスニーカーがいいと土井に言われて、びしょ濡れのそれを履く。それぞれ懐中電灯を手にした。教授夫妻は「悪いねえ」「気をつけてね」とくり返すが、あきらめる口ぶりにはならない。それだけだいじな愛犬なのだろう。

大丈夫ですよと空《から》元気で微笑み、玄関から外に出たとたん、強風にほっぺたを叩かれた。雨は小降りになっていたが、道はすっかりぬかるんでいる。門まで歩くだけでスニーカーはぐしゃぐしゃだ。洗って乾かしても再起不能かもしれない。

「長靴の方がよかったんじゃないか。なんでダメなの」

小滝が真っ先に言った。土井が答える。

「万が一、長靴の上まで水が来たら動けなくなる。ほんとうに足元をすくわれるよ」

「へえ」

「土井って、物知りだな」

「そうでもないよ。ただ、子どもの頃住んでいた家で、近くの川が氾濫したことがあるんだ。真夜中に叩き起こされて、高台にある学校の体育館に避難した。うちはみんな無事だったけど、大雨の音がすごくて震え上がった。そのとき聞きかじったんだ」

土井は大柄《おおがら》で眼鏡をかけた男だ。雨の中だと眼鏡が濡れるので動きづらそうにしている。

「体育館に避難か。テレビでしか見たことないな。そういうの」

　小滝は東京生まれの東京育ちだ。小柄でよくしゃべり愛嬌《あいきょう》もあって要領もいいが、成績は振るわず毎年留年の危機に陥る。

「いい経験ってわけじゃないけど、避難所で見た医療チームの動きがかっこよかったんだよな」

「もしかして、土井が医者になろうと思ったきっかけって、それ？」

　滋が問いかけると、「まあな」と返ってくる。嵐の中でする会話でもないが、しゃべっていた方が落ち着く。

「二浪して、やっと滑り込んだ」

「将来の希望は救急医療？」

「うーん。あれはオールマイティな知識と技術が求められるからな。おれには厳しいかも」

「ああ。たしかに腕も頭も、度胸も必要なんだよな」

　五年間、しゃにむに食らいついてきたからこそ見えてくる現実がある。安易《あんい》な気休めは誰も口にしない。

「平山は？」

「こいつは自転車に乗って往診に行くような僻地《へきち》医療が希望なんだ」

小滝が割り込む。

「そうは言ってないよ。地元に帰ればそういう赴任先もあるかなと言っただけで。小滝は都会の大病院か」

「卒験《そつけん》に通ればな」

「国家試験もある」

「がびーん。恐いよう。助けて、ママ」

相変わらずの自虐ネタだ。小滝の医学部進学は母親の洗脳の賜物《たまもの》だそうだ。我が子を何が何でも医者にしたいという母親の鉄の意志が、軟弱な息子の背中を押し続け、ついに地方大学医学部の門戸をこじ開けたと、本人が言っていた。

暗闇の中、「ママ」ではなく「マイケルー」と声を上げながら、三人は教授宅のまわりを歩いた。懐中電灯の灯りだけが頼りだ。町はずれの一軒家というわけではないが、近隣は大きな農家だったり空き地や田畑だったり。人や車の行き来は通常でも少ないと思われる。台風の接近中とあって気配すら感じられない。

耳を澄ますまでもなく聞こえるのは上空を渦巻くゴウゴウという風の音と、ときおり強く吹き付ける雨の音、枝葉をしならせる木々の音だけだ。

「なあ、そろそろいいんじゃないか？」

足取りの重かった小滝が真っ先に言う。

「ひととおり見てまわったもんな」

「天候が落ち着いたら、また来ようか」

「明日の朝だな、そりゃ」

手ぶらで戻るのは気が引けるけれど、小型犬が身を寄せる物陰はそこかしこにある。ひとつひとつのぞき込むわけにもいかず、どこかで思い切るしかない。

小滝は早速帰りかけたが、土井は棒立ちになってきょろきょろする。

「どうした？」

「何か聞こえないか？」

言われて辺りをうかがうと、水浸《みずびた》しになった畑の向こうから甲高《かんだか》い鳴き声が聞こえた。

「マイケル？」

「かもしれない。おーい、いるのかマイケル。いたら返事しろ」

鳴き声に近寄るためには畑と畑の間にあるはずの畦道《あぜみち》を行くしかないのだが、懐中電灯で照らしても風にさざめく黒い水面《みなも》があるだけだ。滋は近くにあった長い木の枝を持ち、地面らしき場所に突き立てながら畦道を二メートルほど進んだ。名前を呼ぶとはっきりキャンキャンと返ってきた。

「ほんとうにいるよ。マイケルだ」

「おれたちには行けないぞ。呼んで手招きしろ、平山」

「ぬかるみにはまっているのかもしれない」

「どこかが引っかかってるんじゃないか?」

同じく落ちていた枝で地面を突《つ》きながら土井もやってきた。

「ふたりとも、それ以上は行くな。マイケルには自己責任を説いて伝えろ。勝手にそこまで行ったんだ。雨露しのげる場所を探し、夜明けを待……わわわわ」

ほんの一歩、路肩《ろかた》から踏み出したところで小滝は足を滑らせた。水かさの増した畑に落ちかける。すんでのところで土井が引き返し片腕を摑んだので深みにはまらずにすんだが、運が悪ければ全身が水に飲まれてしまったかもしれない。

「まじ、死ぬかと思った。危ないよ。これ以上は無理。帰る」

「でも、すぐそこだよ。いる場所はわかっているんだ」

滋の言葉に、小滝はぴしゃりと反論する。

「用水路があるって言われたろ。畑ならまだしも水路に落ちたら大人でも流される。今ここで桃太郎のどんぶらこをやりたいのか、平山。下流で待ち受けているのはおばあさんではなく、司法解剖だからな」

ご丁寧に、腹を切り裂くマネをしてみせる。解剖実習の最中に卒倒したのは誰だと言ってやりたいが、憎まれ口を叩き合っている場合ではない。

「土井、おまえからも言ってやれよ。水を甘く見るなって。そうだろ？」

「ああ……。でもあそこ、木があるんじゃないか？　ほら」

土井の懐中電灯が鳴き声のする方角に向けられ、左右にふらふら動く。

「水路に沿って木が植えてあったよな。マイケル、そこに引っかかってるのかも」

「だったらよけいに危ない。水際ってことだ。ふたりとも今すぐ戻れ。戻れるうちに戻れ」

どやしつけられ、土井は道路へと引き返す。

「平山、おまえも」

「戻るのはいいよ。無茶はよくない。ただ、何か方法はないか？　ほんの十メートルの距離だ。今なら間に合う。雨も小降りで風も少しやわらいでいる」

「方法って……」

「ロープを使おう。命綱だ。おれの体に巻き付けて、おまえたちがこのあたりで持っている。いざってときは引っぱってくれ」

土井と小滝は目を瞠《みは》ったが首を横に振らない。それを見て、滋は道路へとよじ登った。

ふたりの横をすり抜ける。

「長いロープが物置にあった。すぐ取ってくる。あの木から目を離さないでくれよ」

教授宅はすぐそこだ。駆け出したものの、道路も水浸しでぬかるんでいる。目と鼻の距離で滋は何度となく足を取られ、ひっくり返りそうになった。なんとかたどり着くや物置に直行し、扉のつっかえ棒を外し、中にあったロープを摑んでさっきの場所へと舞い戻る。途中で派手に転んでしまい、ずぶ濡れの上に泥まみれになったがかまっていられない。小滝たちの懐中電灯が「おーい」という大声と共に迎えてくれた。

「木は？」

「まだある。マイケルの声もときどき聞こえる」

「よかった。行ってくる。ロープのはじっこ、頼んだぞ」

「その前にしっかり体に結べ」

小滝がロープを取り上げ、舌打ちしつつも滋の体に巻き付ける。きつめに結ばれる。力のこもった荒々しさに励まされる。

「危なくなったらすぐに引っぱるぞ。あきらめて戻ってこい」

「わかった」

「生きて帰れよ、平山」

土井はロープを握った手で滋の背中を叩いた。

紐付きになって、再びろくに見えない畦道へと踏み出す。左手に懐中電灯、右手に杖代わりの枝を持ち、気は逸《はや》るが、一歩一歩確かめながら進む。できうる限りの早足で木のある場所へと近づく。

木のシルエットはすでに大きく傾いていた。水際は崩れ始めているのだろう。今さらながらひどい無茶をしているのだと身をもって知る。腹に食い込むロープの感触がなければ足がすくんだだろう。

「マイケル、マイケル」

犬の名を呼んだ。やっと木の枝の先端に触れることができた。傾《かし》いでいるので手が届く。根元の地面はすでにえぐり取られているのかもしれない。注意深く懐中電灯を用水路に向けると、飛沫《しぶき》を上げて駆け抜ける濁流が垣間《かいまみ》見えた。

呆然としつつ踏み出した一歩が、やわらかいものを踏み抜く。一気にずぶずぶと沈んでいく。あわててもう片足に力を入れるが、そこもゆるみきっている。滋は懐中電灯の紐を首にかけ、空いた手で木の枝を摑んだ。すがりつこうとしたのだが、人の重みに堪えかねて、木は音を立てて傾く。

その拍子に、マイケルの動きを封じていた枝も動いたらしい。鳴き声が大きくなった。

懐中電灯をつけ、首から提げたまま灯りを向けた。つぶらな瞳を初めて捉《とら》える。

そこからは無我夢中だった。ぐらぐらする木と不確かな足元に恐れおののきながらも、枝葉を払いのけてマイケルを引っぱり出した。胸に抱えたときには両膝まで水に浸《つ》かっていた。傾いていた木は半身《はんみ》を濁流に投げ出している。

「平山！」

呼ばれて顔を上げると土井が畦道の途中にいた。ロープを握っている。

「引っぱるぞ。戻ってこい」

滋は片手に犬を抱き、片手でロープを掴み、ほとんど引きずられるようにして道路へと戻った。鎮《しず》まっていた雷が突如轟き、低く垂れ込めた雲が稲光《いなびかり》で真っ白になる。悲鳴に近い咆吼《ほうこう》が上がる。犬の声なのか自分の声なのかもわからなかった。

振り向く余裕などなかったが、木が流されたのはその直後だったとあとで小滝から聞かされた。

教授宅にたどり着いたあとは玄関から上がるのもやっと。濡れた衣類をはぎ取り、ストーブで体を温め、温かいうどんをすするまでろくに口も利けなかった。マイケルも似たようなものだったが幸い怪我もなく、夫人の腕の中でいつまでも背中を丸めていた。

そんなことがあったので、教授もさすがに恩義を感じてくれたのだろう。半年後、サプライズがもたらされた。

「おまえら喜べ、中之島先生からいいものが届いたぞ。東京のホテルで開かれる喜寿のパーティに、おまえらも呼んでくださるそうだ」

研究室のチェアに腰かけたまま、回転式のそれを左右にまわしながら、大沢教授は白い封筒をかざしてみせた。滋も小滝も土井も目を瞬《また》き、教授の手から封筒を奪い取り、中に入っていた招待状を広げて奇声を上げた。左上に三人の名前が並び、彼らにも声をかけてほしいと添え書きがあった。

「どうする?」

「行きます行きます。行ってみたい」

「実習は?」

「なんとかします」

「無茶するなよ。他の先生方から苦情が来るのはごめんだぞ」

「うまくやります」

三人の中でも一番ちゃっかりしている小滝が親指を突き立ててうなずいた。

滋たちがお祝い会への出席を表明すると、交通費とホテル代まで先方でもってくれるという。破格の待遇だ。

大沢教授には遠慮をほのめかされたが、小滝はまだしも滋と土井に余裕はない。おれたちは貧乏なんですと騒ぎ立て、中之島教授の厚意に甘えることになった。余裕がないのは教授たちもよくわかっていたのだろう。

スケジュール的にも厳しいが、東京のホテルで開かれるパーティはなんとしてでものぞいてみたい。都内の私立校を出た小滝は謝恩会などで経験済みだそうだ。何かと偉そうなのはいただけないが、着る物から立ち居振る舞いまで彼に教わらなくてはならない。

その小滝はパーティ用にスーツを新調した。話を聞きつけたママがあつらえてくれたそうだ。滋は成人式の時の一張羅《いっちょうら》。土井もそのつもりだったが二浪した彼は成人式から六年も経ち、めっきり腹回りに貫禄がついていた。直前になってズボンも上着もはち切れそうだと言い出す。急遽《きゅうきょ》、友人の中から似た体格の男を探し出し、泣きついて借り受けた。

お祝い会への出席ともなればご祝儀はつきものだが、それを用意できれば苦労はない。小滝が礼儀だ常識だとやかましいので、行き帰りの電車を鈍行《どんこう》にして、もらうはずの交通費の中から特急料金を抜き出し、宿泊もカプセルホテルにしてはどうかと話していると大沢教授から「祝儀はいい」ときつく言われた。少額ではかえって恥ずかしいらしい。どれくらいを少額というのかは恐くて訊けなかった。

中之島教授の喜寿お祝い会への招待は、愛犬マイケルを命からがら助けた功績によるものだということが仲間内にも広まり、いつしかマイケルパーティと呼ばれるようになった。招待状はマイケルチケットだ。

「いいなあ、おれも行きたかった」

「マイケルによろしく」

「土産《みやげ》は東京ばな奈でいいや」

にぎやかに送り出され、医学部六年生の五月半ば、実習をやりくりして週末に休みをねじ込み、三人は東京行きの特急電車に飛び乗った。

小滝にとってはよくある帰省だろうが、話の出た直後に「実家は遠くて泊まれない」と訴え、滋たちと一緒に三人分の宿が手配されていた。「中之島教授がすべて用意してくれた」ということが重要だそうだ。後々までの語りぐさになるらしい。

「おれがいなきゃ、おまえら地下鉄にも乗れないし」

東京に近付くにつれ鼻の穴が大きくなる小滝に、黙らないと実習ノートを見せてやらないと脅しをかけ、自分の汗を気にして消臭スプレーをかけまくる土井からスプレーを取り上げ、滋もまた車窓から見える都会のビル群に興奮していた。

ただの宴会ではなく、近々自分たちが所属するであろう業界の集まりだ。大沢教授の話によれば、中之島教授はこれまでの業績を高く評価されているだけでなく、教鞭《きょうべん》を執《と》った大学は数校にわたり、関わった研究室からは今現在各所で活躍する門下生を多く輩出している。ご本人の人柄からして人脈も広い。

従って出席者の顔ぶれも、大学関係者や門弟は言うに及ばず、大手病院からも役員クラスが駆けつけ、医療機器メーカーや製薬会社からもこぞってやってくるそうだ。滋たちが不安げな顔になると珍しく心配するなと大沢教授に励まされた。中之島教授には子どもがいないので、若い学生たちとの交流を好み、自宅や別荘によく招いているそうだ。パーティにも呼ばれているだろうから、若いのはおまえたちだけじゃない、とのことだ。

緊張感は少しだけやわらいだが、代わりにどういう若者が来るのかと気になる。地方大学の学生は他にもいるだろうか。

「パーティってのは、その場の雰囲気に呑まれながら料理を食ってきょろきょろしてればいいんだよ。みんなそんなもんだから」

東京駅が近くなり、再び消臭スプレーをかけたがる土井の肩を叩き、小滝が言った。たまには鵜呑《うの》みにしたくなるようないいことを言う。

「ま、おれたちの場合はマイケルチケットだしな。気楽に行こう、気楽に」

ホームに降りてからはその小滝を先頭に、人混みの間を縫って歩き、地下鉄を乗り継ぎパーティ会場となるホテルにたどり着いた。宿泊は会場と同じホテルをとってくれた。ツインをトリプルにしての一室だ。パーティそのものは十二時半より受付で十三時スタート。昼間に開かれる。

滋たちは十二時過ぎにホテルに着き、フロントで手荷物を預けて身軽になった。慣れないスーツ姿でロビーをうろうろし、中庭への出入り口をみつけて外に出た。薄雲がかかっていたが雨の心配はない穏やかな天気で、結婚式の招待客とおぼしき人たちもいた。広い敷地のせいか、都会の真ん中であることを忘れるような眺めだ。手入れの行き届いた庭が続き、緑豊かな立木の間に小径《こみち》が延び、池も四阿《あずまや》もある。

ひと息ついたところで屋内に戻り、宴会場前に設けられた受付で名前を書いた。結婚式とほとんど変わらないようでいて、雰囲気はかなり異なる。スーツ姿の男性客が圧倒的に多く、女性客のほとんどが年配で着物姿。地味なダークスーツの女性もいたが、重役以外の会社関係者らしい。

見るからに年の若い男女もちらほら見受けられた。髪型から身につけているものまで洗練された都会風に見えるのは考えすぎだろうか。何度もトイレに行きたがる土井はさておいても、意気揚々と一流ホテルの蘊蓄《うんちく》を語っていた小滝まで居心地悪そうにしている。自分が落ち着かなくてもしょうがない。滋は早々に開き直った。

どんなに浮いていても、しょせんは末端の参加者だ。おそらく誰の視界にも入らない。

お祝い会が賑々《にぎにぎ》しく幕を開け、壇上の金屏風の前にモーニング姿の中之島教授が立った。傍《かたわ》らに寄り添うのは品の良い着物姿の夫人。互いを労《いたわ》るような仕草も微笑ましく、ふたりともにこやかに万雷の拍手を浴びた。栄誉をたたえる祝辞が続き、乾杯の唱和のあと、歓談の時間だ。滋たちにとっては、飲食の時間である。

主役である教授夫妻にはひと言だけでも挨拶したかったが、そう思ったときにはすでに長い列ができていた。時間を置いた方がよさそうだ。唯一の知り合いである大沢教授は遅れて来るらしい。合流したところでくっついていこう。そんなことを話しながら滋たちは、オードブルの並ぶテーブルへと狙いを定めた。

ビュッフェ形式のパーティだ。積み重なった白い皿をみつけただけでほっとする。一枚ずつ手にとり、まわりを見渡してすぐ大きなロブスターをみつけた。

「お、いいね」

「まずあれからいこう」

「マイケルに感謝」

「そうだ、ありがとう、マイケル」

犬の名前を出すと少しだけ気持ちが軽くなる。にこやかに近づいたものの、いざとなると大ぶりのエビをどうやって皿に移せばいいのかわからない。誰かいればマネできるのに、あいにく滋たち三人しかいない。奇跡的に土井が傍らに置かれたハサミのようなものに気づいた。それで挟んで皿に移動させればいいらしい。

土井は指差すだけなので、仕方なく滋が手を伸ばした。手術室でメスやハサミを取るときと同じように緊張する。目の前にあるのは調理済みのエビだ。これから切ったり縫ったりするわけでもなければ、病巣《びょうそう》もないし血も噴き出さないのに。

ハサミの持ち手部分の穴に指を入れて、さりげなく開閉を練習した。手のひらほどもあるロブスターを慎重に挟み、そっとやさしく持ち上げる。すかさず出された小滝の皿に速やかに安置する。

「やった」

土井も白い歯をのぞかせた。その土井の皿にも載せてやる。なんだ簡単だよと得意げに自分の皿にも置いたが、戻そうとしたハサミが尻尾にひっかかり、あっと思う間もなくエビが落ちた。貴重なエビだ。大きなエビだ。絨毯《じゅうたん》の上とはいえ、食べる部分がきれいに上を向いている。このままにはしておけないし、失敗をなかったことにしてしまいたい。

とっさに腰を屈《かが》めて腕を伸ばしたが、そこに細くて白い手が横入りする。顔を向けると若い女性だった。

「大丈夫ですよ」

彼女はそう言った。そして滋の前に出した片手をすらりと挙げた。どこからともなくウエイターが現れて、落としたエビを一瞬のうちに片づけた。彼女は滋の置いたハサミを手に取り、危なげない手つきでロブスターを挟むと滋の皿に載せてくれた。

「すみません。ありがとうございます」

辛《かろ》うじてそれだけ言えた。彼女はにっこり微笑み何か言いかけたが、後ろから近づく人の気配に表情を変えた。滋たちと同年代の男がやってくる。知り合いのようだが、彼女はぷいっとそっぽを向いてどこかに行ってしまう。

後ろ姿を惚けた顔で見送った。明るい海を思わせる青いワンピースに銀色のハイヒール。身長は百六十センチくらいだろうか。ほっそりしていて手足が長い。髪型は襟足の長いショートカット。とびきりの美人だった。

「すごいな、東京」と土井。

「さすがマイケル」と小滝。

「どうしてマイケル？」

「そう言っとくといい具合に脱力《だつりよく》できる」

「ほう。頭いいな、小滝くん」

「だろ。なんで君より成績が悪いんだろう」

ふたりの会話は右から左に抜けていく。せっかくのエビも味わえなかった。滋は黙々と口に入れ、咀嚼《そしやく》して飲みこむ。それだけをくり返した。目だけはせわしなく動く。さっきの人を捜し続ける。

「おい、平山」

「は？」

「ぼけっとするな。そこにいたら邪魔になる。あっち行くぞ」

壁際のテーブルまで移動し、ウェイターからもらったビールを飲んでいると、彼女の姿が目に入った。ふらふら前に出ると土井に肩を叩かれた。

「ローストビーフか？　やっぱあれだよな」

おとなしくついて行ったのは土井の向かう先に彼女がいたからだ。友だちと一緒にいるようだがなぜかうつむきがちに見える。会話にも加わっていない。ときどき顔を上げるものの、誰かを見るのではなく窓の外に視線を向ける。手にしているのは細いシャンパングラス。淡い金色が揺れている。

背後を通りながら、滋は全神経を彼女に集中した。テレパシーで気持ちを伝える能力があったらどんなにいいだろう。先ほどはどうも。助かりました。ぼくの名前は……。

「平山」

驚いて顔を向けると土井の両手に皿があった。片方を渡される。赤みを帯《お》びたローストビーフが横たわっている。

「どれどれ。おお、やわらかーい。こんなにやわらかい肉は初めてだ。今まで食べてたのはなんだったんだろうって感じ」

「うん。ほんとだ」

どこかに行っていた小滝もやってきて、おれもおれもと皿を取りにいく。

「この葉っぱってクレソンだろ。食べられるよな。こっちの白いのは？」

土井に訊かれ、滋はフォークですくってみた。

「なんだろう。マッシュポテトかな。肉に合うよな」

そのまま口に入れようとした途端、横から「ダメ」っと言われた。

「それ、辛いのよ」

彼女だ。一メートルは離れていると思ったが、いつの間にかすぐそばにいる。口を開けたまま滋は固まり、数秒後にあわててフォークを下ろした。

「そ、そうなんですか。マッシュポテトかと思って」

「ホースラディッシュっていうの。別名、西洋わさび」

「わさび！」

「私も子どもの頃に食べちゃったの。少し舐めてみて」

言われるまま少量をフォークにのせて、舌先で味わう。

「からっ。ほんとだ」

「でしょ」

そこに小滝がやって来たので滋はすかさず言った。

「その白いの、新種のマッシュポテトだよ。肉にたっぷり載せて食べてみな」

「へえ。ほんとかよ。うまそうだなって、やるわけないだろ。これ辛いのだよ」

「なんだ、知ってるのか」

滋も土井も小滝も、そして彼女も笑った。ついさっきまでの冴《さ》えない表情が嘘のように、生き生きと口元も頬もほころばせる。夢のような展開だ。今なら西洋わさびを山盛り食べても微笑んでいられる。これのおかげで、彼女の方から話しかけてくれたのだ。なんてかわいらしい食材だろう。

あらためて話の糸口や礼の言葉など探していると、彼女の友人とおぼしきグループの男から「カナ」と声がかかった。意外にも、ちらりと見るだけで戻ろうとしない。いよいよ何か言わねば。でも何を？　赤みを帯びた肉の蘊蓄とか、わさびのような香辛料が人体に及ぼす影響とか。内心冷や汗をかいていると、女の子たちからも呼ばれ、彼女は本格的に振り向いた。手招きされ、そちらに吸い寄せられていく。

　ロブスターに続き、ローストビーフの味もほとんどわからなかった。残念であり、無念だ。食べ物の味ではなく話の糸口について、このさい小滝でもいいから意見を聞いてみたい。

　けれどめざとい小滝は糸口ではなく大沢教授を人混みの中にみつけた。滋としては彼女のそばから離れがたかったが、早く早くと急《せ》かされフロアを横切る。

　そこからは大沢教授にくっついて今日の主役のもとへと向かった。滋たちがすっかり硬くなって歩み寄ると、教授も奥さんも相好《そうごう》を崩して喜んでくれた。

「今日はお招きありがとうございます」

「おめでとうございます」

「交通費からホテルの手配まで、すみませんでした」

　口々に言うと夫婦揃って首を横に振る。

「君たちはなんといってもマイケルの恩人だ」

「おかげさまで元気にしてるのよ。ルーシーも」

　それはよかった。今度遊びにいらっしゃいと言われ、せっかくなので具体的な訪問の日時などうかがってみたかったが、自分たちの後ろにはまだ挨拶したい人が控えている。長話はできず、心からの礼を言ってその場を辞した。大沢教授とはそこで別れ、滋たちはにぎり寿司の屋台に向かった。

どこからかカレーの匂いがしてくる。飲茶《ヤムチャ》のコーナーもある。あれもそれもと狙いを定めるふたりをよそに、滋は気もそぞろだった。

彼女の姿が見当たらない。いったいどこの誰だったのだろう。「カナ」という名前なのだろうか。さっきまで一緒にいた友だちグループは発見したが、そこにも近くにもいない。

「おれ、ちょっとトイレ」

小滝たちに言い残し、フロアを念入りに眺めてから扉の外に出た。広い廊下のところどころにソファーが置かれ、くつろぐ人も話し込んでいる人もいるが、若い女性はいない。もしも化粧室ならば、待ち構える形になるのは失礼だろうか。そんなことを思いながら窓辺に寄り、滋はハッとした。

青いワンピースが目に入る。パーティ会場は二階だったので、細い後ろ姿が遊歩道の奥に消えていくのがよく見えた。

やもたてもたまらず階段を駆け下り、出入り口から中庭に出た。彼女のあとを追いかけ小径を急ぐ。ひとりではないのかもしれない。誰かと待ち合わせなのかも。可能性は十分考えられたが、そのときは引き返せばいい。

池のまわりに姿はなく、途中の茶室にもそれらしい人はいない。築山《つきやま》や石灯籠、椿《つばき》の生け垣、梅や桜の古木、それらの間を抜けていくと、茅葺《かやぶ》き屋根を載せた小さな家が見えた。竹林を丸くくりぬいたような場所にぽつんと建っている。ほんのひと間ほどの平屋で、すべての雨戸が閉まっていた。その雨戸を背にした縁側に、彼女が腰かけている。

足音が聞こえたのか、こちらを向いた。険《けわ》しい顔をされたらそそくさと立ち去るつもりだったが、意外そうに小首を傾げただけだったので、勇気を出して歩み寄った。

「上から見たら庭が立派だったので」

不自然に思われないようにと、祈りながら言った。

「ほっとしますよね、こういうところ」

そう微笑まれ、さらに勇気を出す。もう三歩ほど近付いて、滋は縁側のすぐ横、平屋の壁にもたれかかった。友だちグループと何かあったのだろうか。彼女以外の人たちは華やかなパーティにふさわしく楽しげに笑いさざめいていたが、彼女は楽しんでいるようには見えなかった。会場を抜け出し、中庭の片隅にわざわざ来たらしい。

「ど」

一音だけ飛び出し、気が遠くなる。土井の消臭スプレーを借りたい。

「ど……うかされましたか？　いやその、ひとりでいらっしゃるから」

「いいえ、別に」

「そうですか」

「ただ、ちょっと面白いことがあったんです」

「は？」

「……人違いってよくあることかしら」

笑顔で言われたので、滋も微笑みつつ「さあ」と首をひねった。

「父の古い知り合いの方だと思います。私に会ったことがあるんですって。札幌《さっぽろ》の雪祭りの会場でばったり。私はまだ小学生くらいで、父に手を引かれ、赤いふわふわのコートを着ていたそうです。とてもかわいらしい娘さんだったからよく覚えていると、懐《なつ》かしそうに言われました」

赤いコートも似合うだろう。小学生の頃からさぞかしかわいらしかっただろう。そんなことを思っていたが、彼女はハイヒールの爪先《つまさき》で地面の石を突《つ》きながら言った。

「勘違いです。私、雪祭りに行ったこともないし、赤いコートも持ってない」

「そうなんですか」

「すらりとした美人のお母さんもご一緒だったね、ですって。どなたのことかしら」

どう応えればいいのか、わからない。黙っていると、彼女はくすくす笑ったのち、滋に目を向けた。

「中之島先生のお知り合いなんですね。教え子さん？」

「あ、はい。でも講義を聞いたのはほんの数回で、知り合いというのは畏《おそ》れ多いです。昨年の秋に、引っ越しのお手伝いをさせてもらったくらいで」

「もしかして、マイケルを助けた地元の学生さん？」

「ご存じですか」

「聞きました。すごく大変だったのでしょう？　台風上陸の予報が出て、先生のおうちを大急ぎで補強したんですよね。それだけでも重労働なのに、風雨が強まる中、雷に驚いたマイケルが飛び出してしまい、用水路の濁流に飲まれるところをすんでのところで救い出したって」

ありがとうマイケルと心の中で叫んだ。まるで自分も命拾いしたような気分だ。

「あのときは無我夢中だったんです。さっき一緒にいたふたりと、力を合わせてなんとか」

「ほんとうだったら、生意気ながらも注意したくなります。真っ暗な中を用水路に近付くなんて危険すぎます。でもマイケルは先生にとっても奥さまにとっても、それはそれはだいじなワンちゃんなんです。よくわかっているので、ありがとうございますとしか言えないです」

あのとき見捨てないでほんとうによかった。情けは犬のためならず。犬からぼた餅。

「中之島教授とは、お知り合いなんですか？」

「はい。家族ぐるみで親しくさせていただいてます」

教授の自宅や別荘に招かれているクチだろう。イメージとしてはそこでテニス。ポンポンと弾むボールの音が聞こえてくるようだ。マリンスポーツもいいかもしれない。ヨットとか。甲板《かんぱん》でのシャンパンとか。潮風になびく髪とか。

そんなことを思い浮かべていると声を張り上げ、近づいて来る人がいた。若い男だ。

「カナ、こんなところにいたのか。どうしたんだよ、急にいなくなって」

「外の空気が吸いたくなったの」

「だったら声をかけろよ。一緒に行くのに」

「庭くらい、ひとりで歩けるわ」

「ひとり、ねえ？」

だったらこいつはなんだという目が滋に向けられた。どこの馬の骨だと言いたいのだろう。

「こちらは、たまたまここでお会いしたの。ね」

先に彼女に言われ、滋としてはうなずくしかない。

「ともかく戻ろう。それともこのまま抜けてどこかに行く？　おれはどっちでもいいよ。君の気まぐれに付き合うのも一興だ」

「戻るわ」

言うと同時に立ち上がり、形だけの会釈をして、滋の目の前を通り過ぎる。横顔にはパーティ会場で見かけたような翳《かげ》りが差していた。すらりとした姿勢の良さと整った顔立ちからして、ツンとお高くとまっているようにも見えてしまう人だが、双眸《そうぼう》に光はなく、どこか虚《うつ》ろ。新緑の庭園の中にいて、物憂《ものう》げな気配を宿していた。

アンバランスな彼女を見守っているうちにも後ろ姿は小さくなり、曲がり角の向こうに消えた。彼女がいなくなっただけで茅葺き屋根はわびしく、竹林は野暮ったく見える。風の音までもの悲しい。

重い足取りで建物内に戻ると、二階の廊下に小滝と土井が待ち構えていた。こちらも少しは心配してくれていたらしい。

何かあったのかと尋ねられ、滋は中庭での彼女との遭遇を話した。ふたりとも短く「えっ」と発したきり、かたまってしまう。やがて小滝が「待ってろよ」と言い置き、会場に入っていく。しばらくして興奮の面持《おもも》ちで戻ってきた。

「ダメだ、ぜんぜんダメ」

「わからなかった？」

「ちげえよ。あれだけの美人だ。すぐわかった。東都《とうと》製薬の重役令嬢、江藤華奈《えとうかな》さんだそうだ。御年二十二歳」

某有名私立大学の四年生とのことだ。

「とんでもない高嶺《たかね》の花ってことだ。わかる？」

滋から見れば二歳年下になるが、そんなふうには感じられなかった。若さがないというのではなく、とても垢抜《あかぬ》けていたから。物腰のすべてが洗練されていて優美だった。

「さすが都会のパーティだよな。あんな人がいるなんて。よかったじゃないか、平山。ほんの一瞬でもふたりきりになれたなんて、最高の土産話だぞ。末代まで自慢できる」

「これきりなのかな」

「は？」

「また会えないかな」

小滝は「バカか」と毒づく。

「当たり前じゃないか。よく考えろ。おれたちは地方のイチ学生だぞ。明日には帰らなきゃならない。しかも帰ったら、実習テスト、実習テスト、実習テスト、実習テスト」

やかましくくり返す小滝の横で、土井はまったくちがうことを言った。

「電話番号を渡しとけば？」

たちまち小滝にどつかれる。

「こんなところでナンパみたいなことできるわけないって。あきれられた上に、受け取ってもらえない。まわりには親衛隊みたいな野郎が大勢いるし。下手《へた》すりゃ睨まれるぞ」

「でも、他に方法ってあるかな」

これは滋がつぶやいた。

「ないさ。だからあきらめるんだ。悪いことは言わない。せっかくの想い出を、おまえだって台無しにしたくないだろ。一生に一度の想い出でいいじゃないか」

あと数時間経てばそうなる。ここで別れたが最後、おそらく二度と会うことは叶わない。彼女の記憶の中から自分はあっという間に消え去る。永遠に忘れられてしまう。

でも今なら、もう一度彼女に言葉がかけられる。あの瞳に映ることができる。自分の名前を告げられる。……かもしれない。

「手段がまだあるなら、ぶつかってみたいよ」

滋は行き交《か》うウェイターのひとりを捕《つか》まえ、白いメモ用紙を一枚もらった。土井からペンを借り、自分の名前とひとり暮らしをしているアパートの住所、電話番号を書き記した。

「渡してくる」

土井は多量の汗を拭いながらうわずった声で励ましてくれた。

「がんばれ。おれまでドキドキしてきた。心拍数が跳ね上がる」

あきれ果てていた小滝も、渋々うなずいた。

「骨は拾ってやろう。そのかわり臓器はすべて提供しろよ」

ぴったりついてくるふたりと共に、滋はドアを開けて会場に入った。終了時間が迫っているせいか、フロアはさっきよりもざわついていた。赤ら顔の男性客が大声で笑っている。若い人たちは記念写真に収まり、紅茶やコーヒーを片手に菓子類をつまんでいる人もいる。たちまち雰囲気に呑まれひるんでしまった滋だが、逆に背後のふたりはすっかり応援する気になっていた。押されるように歩いていると、あそこあそこと小突かれる。顔を向けてすぐ、青いワンピースの彼女が目に入った。そこだけくっきりと切り取ったように浮かび上がる。

緊張のあまり手足が強ばった。冷や汗が背中を伝う。あきれられたり軽蔑されたりは恐い。逃げ出したい気持ちは高まる。けれど、もう一度口が利けるなら、玉砕も本望だと雄々《おお》しい感情がみなぎった。

歩み寄ると声をかける前に彼女が振り向いた。「あら?」という顔をされ、それ以上は見ていられない。うつむいて、メモ用紙を差し出す。脈打つ自分の心臓を捧げるような気持ちだった。ひねり潰されても文句は言えない。

紙切れはスッと抜き取られた。「平山滋さん?」と名前を呼ばれる。

彼女を取り巻く人たちからは「ナンパですか」「ここで?」「やるぅ」「もてもてだね」「どうするの」と囃《はや》し立てる声が上がった。彼女はしばらく黙り込む。滋も、そしてまわりも、女神の判定を待つような一瞬。

くるりと背中を向け、背後の丸テーブルで白いナプキンをつまみ上げる。近くの男性にペンを借り、何か書き付ける。それを滋に差し出した。

「うちの電話番号です。よかったらお電話ください。取り次いでくれるよう、家族にも話しておきます」

居合わせた誰もが目を瞠った。「おおっ」という軽いどよめきが走る。それにかぶさるようにお開きを告げるアナウンスが流れたが、魔法にかかったように誰も動けない。

彼女だけが高原に咲く花のように微笑んでいた。凛《りん》と背筋を伸ばし、涼やかな風を放つ。意志を秘めた眼差《まなざ》しが注がれる。手放しで魅了された。

滋の未来はここから大きく変わることになる。

地元の病院という選択肢は断ち切られた。あらゆる伝《つて》を頼って東京の病院から内定を得る。卒業試験をクリアし、国家試験に通り、研修医として内科勤めが始まった。

「さっきの男は、そのパーティにいたんですね」

ホテルのバーラウンジのカウンターで、後輩の瀬尾は手にしたグラスを揺らす。氷の当たる音がした。

「中庭に現れたのもあいつだよ。さっきはチンピラまがいの口を利いてたが、某医療品メーカーの経営者一族にあたる。彼女の家からしても不足のない相手だった」

「かつての恋敵《こいがたき》ですか」

「向こうにしてみれば、なんでおまえが、だよな。絡まれたのはさっきが初めてじゃない。彼女と付き合い始めてからも、結婚が決まってからも、何度となくケンカをふっかけられた」

「みんなの憧れるマドンナの心を捉えたんですよ。やっかみもすごかったでしょうね」

「あの頃はさすがに、少しいい気になっていたかもな」

滋はウィスキーで乾いた唇をしめらせた。酒の苦さにほっとする。

「どう考えても超特大の満塁ホームランですって。新人王にしてMVP」

「それなりに死に物狂いの毎日だったよ。慣れない東京で研修医からスタートして、彼女とのデートも、時間をやりくりするところから決して楽じゃなかった。ご両親に好印象を持ってもらいたくて、前途有望な若者のふりもした。くたくたになり、そうだ、肝心のデート中、眠りこけたこともある」

「頑張った甲斐があったじゃないですか。結婚して、かわいいお子さんもふたりできて」

「まあな、でも今は」

それ以上語らなくても同じ病院に勤務する瀬尾はよく知っている。滋は都内にある大手の病院に長いこと勤めていた。けれど当直医による医療ミスと、それをうやむやにしようとする隠蔽《いんぺい》体質に義憤《ぎふん》を覚え改善を訴えた。それが経営陣の逆鱗《げきりん》に触れ、地方に飛ばされた。

医療ミスは、ひとつまちがえれば人の生き死にに関わる問題だ。自分がしたことに今でも悔《く》いはない。誰が何と言おうと譲れなかった。辞表を提出せず、辞令を受け取ったのは自分なりのけじめだ。転勤先である銚子市内の病院には気持ちも新たに赴いた。

もちろんその前に、家族には心を砕いて説明した。実家の面々は心配こそすれ、責めるような言葉は誰も口にしなかった。けれど、一番わかってほしい妻にはとうとう理解してもらえなかった。

義父が病院の院長と旧知の間柄だったのも災いしたのだろう。戒《いまし》めても脅しても自分を曲げない婿に腹を立て、義父は離婚すら娘にほのめかした。義母はけっして夫に逆らわない。たったひとりの兄である義兄もまた病院の味方だった。

妻の苦悩は深かったのだと思う。もとが田舎育ちの自分と異なり、東京しか知らない根っからのお嬢さまだ。セレクトショップもデパートもないような土地は考えられなかったのかもしれない。娘は私立の小学校に通い、息子も中学受験を目前に控えていた。

「どうしてあの日、電話番号を教えてくれたんだろう」

ひょんなことから過去の話が出て、口にせずにいられない。

「初めて会ったときですね」

「今さらだが、何から何まで不釣り合いだった。おれが地方大学の貧乏学生であることは一目瞭然だったし、外見も、せいぜい十人並み。話もうまくなくて、情報通でもない。彼女の歓心を買えるような男じゃなかった」

「でも、医者の卵でしょう？」

瀬尾に言われて苦笑した。

「さっきのボンボンの方がよっぽど金持ちだ。医者の卵もひよこも、鶏《とり》だって、彼女のまわりにはたくさんいた。よりどりみどりの状態だったんだよ。自らすすんで男に電話番号を渡すなんて、彼女にしても前代未聞の珍事だっただろう」

瀬尾は苦笑いを浮かべた後、グラスの水割りを飲み干し、おかわりを注文してから言った。

「奥さんのお父さんにはお会いしたことがあります。東都製薬の江藤常務でしたよね。今の肩書きはわからないんですけど、ぼくがもらった名刺にはそうありました。今日みたいな学会のあと、懇親会が設けられていたんです。紹介してくれる人がいたんで名刺交換だけしましたが、よく覚えてます。切れ者で押しが強くて自信家。物事に取り組むときの熱量が半端ない、バイタリティの塊《かたまり》みたいな人じゃないですか。さっきから話を聞いていて、ぼくなりに思ったことがあります。すみません、言ってもいいですか。失礼なことかもしれません」

「いいよ、なんだよ」

「平山さんとは正反対のタイプです」

それは感じていた。はっきり言われてため息が出た。

「昔、このホテルで開かれたパーティで、奥さんは自分の父親と正反対のタイプの男から名前と電話番号の書かれたメモを受け取った。自分の電話番号も教えた。そういう年頃だったんじゃないですか。ファザーコンプレックスの、ある種の裏返し」

都会風ではなく、話も下手で、不器用だったから。

そういう男でも目をつぶったのではなく、そういう男だからこそ興味を持ち、惹《ひ》かれ、プロポーズも受けた。

だったらなぜ五年前、頑《かたく》なに銚子行きを拒んだのだろう。


近くのホテルに宿泊する瀬尾と別れ、地下鉄の駅に向かった。霧雨は降っていたが気にするほどでもない。時計を見ればまだ十一時。地下鉄にはじゅうぶん間にあう。

向かう先は白金《しろかね》にあるマンションだった。販売価格の三分の一に当たる額を義父が出してくれたので、それを頭金にしてローンを組んだ。もちろん滋が返済し続けている。もっとも結婚当初から給料はほぼ全額、彼女の握る口座に振り込まれているので、そこからの引き落としが続いているだけだ。

銚子には長男がついてきてくれた。借家に住み、つましいふたり暮らしなので生活費もたかがしれている。男ふたりが銚子、女ふたりが東京。便宜上、別れて暮らしているようだが、けっしてそうではないことを家族が一番よくわかっている。一緒に住みたいと、少なくとも男ふたりは望んでいた。

地下鉄の駅で携帯電話を手に取る。画面に表示した妻の名前を見ながら、気がつけばホームの椅子に腰かけていた。

久しぶりの学会に出席したあと、今日は寄ると伝えてある。妻は家にいるだろうか。あからさまに拒絶されたことはないが、実家や友だちの家に行くと言って不在だったことは何度かある。そういうときは娘もいないので、しんと静まりかえった家の中で虚無感に囚《とら》われる。

なんのために結婚したのだろう。なんのために働いているのだろう。

白金の、億《おく》を超えるマンションに、住みたいわけではなかった。家の中身の家具もクローゼットにかけられた服も、朝晩の食べ物も休日の過ごし方も付き合う友人も、もっと言ってしまえば生まれた子どもの名前も、通う学校も習い事も、すべて彼女の望み通りだった。彼女の生まれ育った大都会東京に似合った暮らし、それが滋の家庭の指針だった。

銚子行きが受け容《い》れられるわけがない。初めからわかりきったことだった。

説得しようとすればするほど彼女は頑なになり、患者の命がかかっているんだという言葉に、それはあなたの勝手でしょうとまで言われた。滋についていくと言い出した長男を、親不孝者呼ばわりしたときは、さすがに「華奈」と制したが、憎悪すら感じさせる目で睨《ね》め付けられた。

あれから五年になる。溝はいっこうに埋まる気配がない。いつかどこかで離婚を切り出されるのではないか。そのとき自分は傷つくだろうか。それともほっとするのだろうか。己の胸の内がわからない。

倉科は、こういう状況をよく知っているのだ。そして嘲笑《あざわら》っている。おまえは結局、ふさわしくない。結婚はまちがいであり、彼女の若気の至り。失敗。

あの日あのとき、中庭に彼女がいなければ。みつけて、追いかけたりしなければ。運命は変わっていたのだろうか。

滋の脳裏に青い一輪の花がよぎる。緑の木立の間にすっと分け入っていく。

顔を背けため息をついた。

そして竹林に囲まれた古屋の縁側で、どうかしたのかと滋が問えば、彼女は笑いながら言った。

人まちがいされたと。父親の知り合いに声をかけられ、懐かしそうに言われたが、札幌の雪祭りには行ったことがない。赤いコートも持っていない。

義父はあの、瀬尾までが感心していた押しの強い自信家だ。知り合いが彼のことを見まちがえるわけがない。

義父は雪祭りにいた。では、手を繫《つな》いでいた女の子は誰だろう。彼女の話では、勘違いした人は「かわいらしい娘さん」と言っていたらしい。傍らにはすらりとした女の人がいた。けれど義母は小柄でぽっちゃりした人だ。

義父はいったい誰と一緒にいた？

まちがえられた彼女は「面白いこと」として話したが、パーティ会場ではうつむきがちで元気がなかった。そして、滋からのメモを受け取った。自分の電話番号も教えてくれた。

義父とはまったくちがうタイプの男と付き合い、結婚し、子どももうけた。

バイタリティあふれる義父の女性関係については一度だけ聞いたことがある。彼女の口からなので定かではないが、そこそこ相手がいたらしい。いっときは隠し子の存在を疑い悩みもしたが、それはないと義兄に否定され、信じるほかないと肩をすくめていた。割り切ったような言い方だったので鵜呑みにしてしまったが、今一度、江藤家のひとりひとりの顔を思い浮かべる。

滋をよそ者扱いし、内科医という肩書きしか評価しなかった人たち。冠婚葬祭の席でもめったに話の輪には入れてくれない人たち。「あなたはいいの」「君は向こうに行ってなさい」が、決まり文句だった。

あの中で育ち、彼女は何を思い、何を抱え、生きてきたのだろう。

そして自分は一度だって、東京にこだわる彼女の気持ちを聞こうとしただろうか。銚子に来られない理由を知ろうとしただろうか。

ホームのベンチから立ち上がり、携帯電話を操作した。「もうすぐ帰る」と妻にメールを送る。

滑り込んできた電車に乗った。最寄り駅で降り、階段を上って地上に出ると雨は止んでいた。メールの返事は来ていなかったが気にせず歩く。もしも彼女が家にいてくれたなら、久しぶりに小滝や土井の話をしようか。

小滝は卒業試験に落ち、翌年はクリアしたものの国家試験に落ち、二年遅れで研修医になった。今は都内の総合病院で耳鼻咽喉《じびいんこう》科の医者をやっている。母親の持ってくる縁談は気乗りせず、七年前に自分でみつけた二歳年上の女性と結婚した。ひとり娘に恵まれたが母親には認めてもらえず、五年前、滋が病院で揉めたときは聞きつけて電話をくれたのに、いつの間にか小滝家の嫁姑《よめしゅうとめ》問題に話題がすり替わっていた。年賀状を見る限り子どもは成長し、本人も元気でやってはいるらしい。

土井は医学部卒業後、精神医学をさらに学び、今は神戸《こうべ》で心療内科のクリニックを開いている。奥さんは小児科医とのことだ。小滝から話を聞いたそうで、連絡をくれたのは銚子の病院勤務が始まった頃。おまえ、また無茶をしでかしたなと言われた。命綱を持ってくれる人はいるのかと尋ねられ、返事に詰まった。

「心配するな。おれも小滝もまだ摑んだままだ」

ありがとうと言うつもりが、「うん」としか返せなかった。

「職に困ったらいつでもこっちに来い。こき使ってやる」

これには笑うことができた。濁流の中で抱えたマイケルの温かさが胸に蘇《よみがえ》った。刻一刻と足元が崩れ去っていく中で、自分を引き上げてくれたロープの感触も忘れていない。

マイケルとルーシー、そして中之島教授、ここ数年のうちに相次いでこの世を去った。夫人はお元気で、今は愛くるしいトイプードルをそばに置いている。

たまには顔を見せに行こうよ。そう、提案してみようか。

もしも今日、彼女が家にいてくれたら。

滋は立ち止まり、空を仰いだ。分厚く広がっていた雲のところどころに切れ間ができ、明るい光がにじんで見えた。月だろうか。冴え冴えとした輝きはほのかな青みを帯びている。凛としているけれど、どこか寂しげ。翳りを秘めながらも、華やかで艶《あで》やか。

プロポーズを受けてくれたとき、彼女はひとつだけ条件を出した。

「他の女の人を好きにならないで」

滋が笑顔でうなずくと、いつになく真剣な顔で付け足した。

「私、どうしても浮気する男の人が許せないの」

他の女性ならいざ知らず、彼女が言うから少なからず驚いた。プロポーズしている男がどれほど自分に夢中か、わからぬわけではないだろうに。もっと自信を持って、もっと甘く、酔いしれてもいいものを。

滋は、空を見上げてひとりつぶやく。

「約束は守っているよ」

その条件を出さずにいられなかった彼女の屈折が横たわる。星空をさえぎる灰色の雲のように。自分が思うより何倍も、彼女は深い痛手を負っているのかもしれない。

だから、たとえ彼女が今日不在でも、いいじゃないか。これからだ。彼女のことを何もわかってない自分自身に気づいたという小さな一歩。二歩目を踏み出せばいい。

まだ間に合う。すべてはまだ、濁流に呑まれてはいないのだから。

川と小石

「華奈《かな》んとこは相変わらずなの？」

尋ねられて顔を上げた。代官山《だいかんやま》にあるカフェのテーブル席だった。向かいに座る元同級生はカフェオレのカップを両手で抱え、華奈に視線を向ける。

「ああ、別居？　うん。まあね」

「そろそろ五年になるでしょ」

「よく覚えてるのね。……そうか、モトが結婚したのはあの年だっけ」

佐川素子《さがわもとこ》から長洲素子《ながす》に、苗字は変わったけれど愛称は学生時代のままだ。互いに四十歳を超え、とうに若くはない。わかっていても素子の丸顔や垂れ目を見ていると、流れた年月を忘れてしまう。

用事があって近くまで来たついでに、素子の勤務先である照明器具のショールームに立ち寄った。ちょうど手が空いたところなの、お茶でも飲もうよと誘われ、華奈は笑顔で応じた。相手は仕事中という遠慮はあったが、そう言われるのを少しだけ期待していた。

五年前、彼女の結婚を聞いたときは華奈の家庭が揺れていた。もしも披露宴への招待状が届いていても義理を欠いたかもしれない。でも素子は近親者のみが参列する式を挙げ、友だちの誰もが呼ばれなかった。

「旦那さん、すぐ帰ってくるのかと思ったけど、意外と長いよねえ」

「うん」

「銚子《ちょうし》なのも変わらず?」

うなずいて華奈はカップを揺らす。ミルクティーのまろやかな香りが立ちのぼるはずが、何も感じられない。素子の夫は年下のチェリストと聞いた。響きは素敵だが収入は安定せず、演奏旅行で家を空けることも多いらしい。

「ときどきは華奈も行ってるの?」

「まあね。上の子がいるから心配で」

この手の話はだいたいここで終わる。微妙な話題であることはみんな心得ているので、立ち入ったことは訊いてこない。華奈が多くを語らないのも一種のサインだ。「いろいろ大変ね」という触れ方もせずに、「そういえば」と滑らかに切り替わるのが常だった。

けれど素子は続ける。

「上って、男の子だよね。もう中学生? それとも高校生になるのかな。まだ旦那さんと一緒なの?」

「地元の公立高校に入った。今は二年生」

ほんとうなら都内の私立校に通っているはずだった。五年前、中学受験の準備は万端で、塾の先生も模試の結果を手に明るくうなずいてくれた。

「港町の学校か。銚子って言えばお醤油だけど、大きな港もあるんだよね。昨日、たまたまつけていたテレビで中継していたの。水揚げ量は全国有数だって。銀色の魚がいっぱい詰まった大きな網を、クレーンみたいなのが引っかけて釣り上げてた。画面だけじゃわからないけど、一日中、潮風が吹いているのかな。そこにある学校ってどんなだろう。こっちの公立と同じように、放課後はファミレスやマックに寄ったりするのかな」

素子は目を細め、窓の外へと視線を向けた。人々の行き交う歩道の向こうに、タクシーやバスの流れる車道が見える。間を仕切るのは色づき始めた街路樹だ。

ふと華奈の脳裏に銚子の町がよぎる。この前訪れたのは強い日差しの降り注ぐ夏休みの真ん中だった。アーケード街に揺れる風鈴の飾り付けを思うと、遠い異国の風景のようだ。

「美佐《みさ》ちゃんが言ってたよ。もしかして異動先がニューヨークやパリならば、華奈もついて行ったんじゃないかって。国内ならぎりぎり神戸や札幌。そういうところなら想像できるって」

「かもしれない」

笑ってみせたが、口元が不自然に吊り上がっただけだ。ごまかすようにミルクティーをすする。昔から表情を誤解されるタイプだった。それも怒っている、白《しら》けている、不機嫌、という方向に。

「華奈はザ・東京って感じだから」

「モトもでしょ」

「ちがうって。私は都下《とか》だもん。生まれも育ちも二十三区外。でもたとえ港区や千代田区《ちよだく》に住んでいても華奈のようにはなれないな。中学で初めて華奈を見たとき、うわあって思った。イメージ通りの名門私立お嬢さま。かわいい子はいろいろいるけどさ、きれいはちがうんだよね。中三で同じクラスになったときは嬉しかった」

くったくなく微笑まれ、華奈は居心地悪く目を伏せた。人をなごませる笑顔が作らずともできる人が羨ましい。

ふたりの通っていた学校は創立が明治という女子校だった。華奈は小学校から通い、素子は中学受験を経ての入学。お互い合唱部に所属していたので顔は知っていたが、親しく口を利くようになったのは中学三年でとなり同士の席になってからだ。

内部持ち上がり組と外部受験組では、合流する中一のときにさまざまな不調和が生じる。受互いを意識してぎくしゃくするが、たいていは数ヶ月もすれば収まるところに収まる。

験組は人数も少なく、すでに出来上がっている中に分け入っていくようなハンデがあるだろうが、持ち上がり組にとっても中等部進学は新しい交友関係を築くチャンスだ。

小学校の間は通学路の関係で、行動を共にする同級生が限られてしまう。中等部に進むと、そこから離れ、「気の合う子」を自ら選ぶようになる。何かと目立つ派手なグループや、ひっそりとした地味なグループや、おしゃべり好きなかわいらしいグループや。千差万別ながらも、棲《す》み分けを覚えれば学校生活のおおよそは安定する。

高校になれば自分の好みでさらに友だちは変化していく。

「同じクラスになったの、中三だったっけ。どうしたの、急にそんなことを言い出して」

「急じゃないよ」

素子とは不思議な関係だ。同じ部活といえども合唱部は人数が多いので、自然といくつかのグループに分かれる。派閥争いをしているわけではないので、口を利くのは自由だが、話が済めばそれぞれのグループに戻っていく。そんな付き合いだった。

卒業後の進路も異なる。華奈は四年制大学に進み、就職先は一般企業。秘書課で三年働き、結婚退職した。素子は短大を出てすぐアメリカに渡り、帰国後しばらくはデザイン関係の事務所にいたと聞く。数年前から照明器具メーカーのショールーム勤務だ。

ときおり昔の合唱部仲間での懇親会が開かれ、顔を合わせることはあったが、個別に設けられるランチ会や夕食会、ちょっとした旅行にはお互い呼ばれないし呼ばない。華奈が長年親しく付き合ってきた友人は皆、ほどよく社交家で成績も良く、さばけていて冗談も通じる。おしなべて家は裕福だ。ステータスへの自負が強く、プライドも高かった。彼女たちにとって、素子は物足りないらしい。

「ほんとうは前から気になっていることがあるの。これでも遠慮してたんだ。でも華奈は私の勤務先に顔を出してくれるでしょ。誘えばこうしてお茶にも付き合ってくれる。だから訊いてもいいのかなと思って」

「何を？」

訊き返して、半ば悔いる。避けるべき話題だろう。きっと。

「どうして私なの？　学生時代、華奈はなぜ私と付き合ってくれたの？　いつだったか、うちに遊びに来てくれたこともあったよね。夕飯も食べてったでしょ。今でも我が家ではとびきりの想い出話よ。きれいで品のいいお嬢さまがうちでブリ大根を食べてったって。あのグループでそんなことをするのは華奈だけ。先輩の誕生日を教えてくれたり、休んだ日のノートを見せてくれたり、放課後に一緒に帰ったり、卒業後も連絡をくれたり、結婚式に呼んでくれたり、旦那さんや子どもの写真を嬉しそうに見せてくれたり」

素子は大きく息を吸い込み、ゆっくり吐き出す。

「どうして、私なのかな」

問われても、華奈には返すべき言葉がみつからなかった。

「もうひとつ、訊きたいことがある。華奈の旦那さん、素敵な人だった。結婚式で会ったきりだけど、ご家族もお友だちもみんないい人たちで、ご本人の人柄の良さがよくわかった。こういう男性を選んだのかと内心、すごく感動したのよ。結婚してからも幸せそうだった。じっさい幸せだったんでしょ？」

「そうね」

「即答なんだ」

素子は笑う。それを見て、華奈も口元をほころばせた。同時になぜか目の奥が痛くなる。

「だったらどうして銚子についていかなかったの。旦那さんからも一緒に来てほしいと言われたんでしょう？　なんで二の足踏んだの。未だにぐずぐずしているの。華奈らしくない」

目を伏せてテーブルをじっとみつめる。胸の奥からせり上がってくるものをやり過ごす。指先が震えてしまいそうで力を入れる。そして素子の問いへの答えに気づく。

彼女は他の誰も言ってくれないことを自分に言う。だから今まで、付き合いを続けてきたのだ。

「華奈」

やんわり名前を呼ばれ、顔を上げた。かすれそうな声で問いかけをかわす。

「いろいろあるの」

「うん。そうだよね」

すんなり引いた素子だったが、深呼吸のあとさらに続けた。

「あの写真は関係ない？　ほら、中三のときに私が見せた写真」

自分は今、どんな顔をしたのだろう。目の前の素子は口をへの字に曲げ、頭を横に振った。

「ここで、きょとんとしてくれなきゃダメよ。関係ないでしょう、華奈。あれから何年経ったと思うの。数えてみて」

「私は……」

言いながら視線をさまよわせる。窓の外の風景がぼやけてにじむ。浮かび上がるのは十五の年に見た住宅街の一角だ。素子の家から徒歩で十五分ほど離れた場所。マンション名を聞いていたので地図で調べて出向いた。

二階建ての家々に挟まれた五階建ての建物で、外壁の色は暗いベージュだった。今の時代とは異なりオートロックではなかったけれど、中に入ることはできなかった。ゆっくりと前を通り過ぎ、あたりを一周して再び出入り口に近づき、そっと視線を上下させた。道行く人の気配をうかがいながら、素子に見せてもらった写真を何度も思い出した。

そこに写っていたのは自分と同じ年の少女だった。


中学三年の二学期、席替えがあり、華奈のとなりには合唱部の顔見知りが座った。丸顔で笑うと目が糸のように細くなる子だ。挨拶程度しか口を利いてこなかったが、人なつこそうなやわらかな雰囲気にほっとした。

物心ついた頃からずっと、美人ねかわいいねと言われてきたが、それと同じくらい恐そう、きつそう、冷たそうと眉をひそめられた。母親にはいつ何時でも笑顔を強要され、ぼんやりしていると怒られた。ふてくされているように見えるそうだ。少なからず傷ついた。

しだいに褒められてもけなされても苦痛となり、憮然《ぶぜん》とした面持ちが張り付いたのか、休み時間も放課後もひとりで過ごすことが多くなった。小学校三、四年生の頃だ。

心配した先生が母親に伝え、親ぐるみで同級生を家に呼ぶようになり、中に面倒見のいい子もいて華奈を友だちの輪に招き入れた。気取りのない雑談やら他愛もない噂話に混じって、ペットの話やお菓子作りの話題が出れば、自分も加わることができる。連れだっての街歩きや、少女漫画のまわし読みは楽しかった。

やがて初等部と呼ばれる小学校から、中学校にあたる中等部にうつり、少しは処世術も身についたのか、気の合う子もできた。部活はバドミントンやバスケットを考えていたが、合唱部に誘われ見学しているうちにハーモニーの美しさに惹かれた。腹筋を鍛《きた》えるための筋トレや体幹《たいかん》トレーニングもあり、運動部的練習に不安を漏らす子もいたが、むしろ華奈には馴染めそうな気がした。

本格的に声楽《せいがく》をやっている子もいるので、部内で輝くのはそういう子だ。美しい声に聞き惚れ、惜しみない賞賛を寄せるのも、自分自身が清らかになるようで心地よかった。憧れの上級生ができるだけでなく、中二、あるいは中三ともなれば、下級生になつかれてくすぐったい。外見を褒めそやされることにも、以前ほどの嫌悪感は持たなくなった。伝統ある合唱部はコンクールでの上位入賞をめざし、連日のハードな練習が続いた。くたくたになりながらも楽しかった。

そんなある日、となりの席からの視線が気になり小首を傾げた。素子は「ごめんね」と肩をすくめた。

「華奈ちゃんを見ていると、思い出す子がいるの」

なんの話だろう。

「小学校のときに一緒だった子がね、華奈ちゃんになんとなく似てて」

「ふーん」

「最近はぜんぜん会ってない。どうしているかな。地元の公立中学校に行ってるんだ」

「家が近くなの？」

素子の小学校は公立だ。学区が同じだったのだろう。

「ちょっと離れている。歩いて十五分くらい。その子の住んでいるマンションがね、ありえない名前なの。だって、『モトコハイツ』だよ。聞いたとき、大笑いしちゃった」

アハハと声を上げる素子と共に華奈も笑いながら、小首を傾げた。

「ほんとうに似てるの？」

「うん」

「だったら……写真が見たい。気になるもん」

素子は考え込むような顔になってからうなずいた。

「家にあると思う。六年生の時の移動教室の写真とか。持ってこようか」

律儀《りちぎ》な彼女は翌日、数枚のスナップ写真を持ってきた。社会科学習で工場見学に行ったときのものだそうだ。見せてもらうと私服姿の女の子が四、五人、ぴったりくっついて写っていた。

指を差されたのは一番顔立ちのはっきりした女の子だった。次の一枚はもう少し近づいて、写っているのは三人。どの子なのかは言われなくてもわかる。前髪をおでこにたらしたセミロングの髪型、涼《すず》やかできりっとした目元、細く通った鼻筋、形の良い唇、すんなりした顎のライン。造作の良さが明らかに抜きん出ている。

三枚目の写真は朗《ほが》らかに口を開けて笑っているところで、生き生きとした表情を見るに留めたが、最後の一枚に華奈の目は釘付けとなった。素子とふたりの写真だ。それも腰から上の、かなりのアップ。

「名前はなんていうの？」

「ゆみちゃん。こじまゆみ」

朝のホームルームが始まる前の時間だった。予鈴《よれい》が鳴り、立ち歩いていた生徒たちもそれぞれの席に座る。この学校は机の上に何も置かないのが決まりだった。私語を慎《つつし》み背筋を伸ばし、品良く静かに先生の到着を待つ。

「華奈ちゃん」

素子が写真を横からつまんだ。しまいたいのだ。やんわり引っぱられたが、華奈は指先に力を入れた。まわりが見えなくなっていた。素子が無理やり取り上げようとしたら、大声を上げていたかもしれない。

「どうしたの？　先生が来ちゃうよ。華奈ちゃんってば」

腕を揺さぶられやっと我に返る。

「あのね、この、ゆみちゃんって――」

最後までは言えなかった。教壇近くのドアが音を立てて横に滑り、担任の先生が現れたからだ。華奈はすばやく手を下ろし、自分の机の中に写真をしまった。ごめんねと横を向いて目で伝えた。先生のお咎《とが》めを恐れていたのだろう。素子は首を横に振り、小さくうなずいた。

何事もなかったように華奈は前を向き、日直の号令に合わせて立ち上がり、朝の挨拶を口にして着席した。「今日のお話」を始める先生の顔をまっすぐみつめ、まわりをうかがうこともしない。熱心に耳を傾けているように見えただろうか。頭の中は写真の女の子のことでいっぱいだった。両手を大きく広げ、写真の入った机を抱えて、走り出したい衝動にかられた。机ごとどこかに捨ててしまいたい。なかったことにできたらどんなにいいだろう。

言いかけた言葉も宙ぶらりんだ。「あのね、この、ゆみちゃんって」、そこから何を言うつもりだったのか。考えられない。思いつかない。

たしかに自分に似ているのかもしれない。似ていたら、なんだと言うのだろう。

いつの間にかうつむいて、唇を嚙んでいたのか、素子が腕を突《つつ》いた。先生の話は終わったらしく教壇に姿はなかった。

「華奈ちゃん、どうかしたの？」

「ううん。なんでもない。あとで話すね」

一時間目は国語だったのでそのまま教室で授業を受けた。二時間目は理科室、そのあと音楽室。昼食は仲のいいグループの子たちと弁当を食べ、午後の授業の前にやっと素子と話す時間ができた。その間ずっと、華奈は写真の眠る自分の机を意識し続けた。

「この写真の女の子、同じ歳と言ってたでしょう？　モトコハイツに住んでいるんだっけ」

「うん」

「きょうだいは？」

「ひとりっ子だったと思う。華奈ちゃん、もしかして、この子のことを知ってるの？」

首を縦にも横にも振らず、曖昧な声を出した。

「よくわからないの。でも、知っているのかもしれない」

「小さい頃に会ったことがあるとか？」

「そういうんじゃないんだけど。家ではあまり訊けない雰囲気で。モトちゃんも、この写真のことは内緒にしておいてくれる？」

素子は初めて眉をひそめた。

「私が？　なんで？」

返事に窮《きゅう》する。冷や汗が出そうだ。華奈は視線を教室の隅に向けた。親しく付き合っている子たちが数人、座っていた。彼女たちは華奈の家にも遊びに来る。家族と口を利く機会もある。頭の中で想像し、本格的に汗がにじんだ。

さっきの写真のことを、あの子たちには知られたくない。

「湯本《ゆもと》さんたちがどうかした？」

素子は声をひそめ、囁《ささや》くように言った。ぎょっとした。ふんわりした顔立ちそのまま、おっとりのんびりしているとばかり思っていたのに、人の心を読むような鋭さも持ち合わせているらしい。

「湯本さんたちも、ゆみちゃんを知っているの？」

「ううん。ちがう。ぜんぜん知らない。でも、うちに遊びに来たときに、お母さんによけいなことを言うかもしれない。美佐ちゃん、いろんなことをすぐしゃべるでしょ」

それがどうまずいのか、次の言い訳が必要だ。焦る華奈をよそに、素子は少し間を空けてからうなずいた。

「わかった。誰にも言わない。もともと湯本さんたちとはそんなに話さないから大丈夫」

同じ合唱部なのに、だ。湯本美佐は華やかでキラキラしたものが好きで、入部の動機もきれいな先輩に手招きされたのが嬉しかったかららしい。美しいハーモニーにはうっとりしているものの、発声練習や筋トレは苦手でサボりがち。そのくせ汗ふきタオルひとつにもこだわりがあるようで、かわいい雑貨店をよく知っている。髪を結ぶ黒いゴム輪にもひととおりの蘊蓄《うんちく》が出てくる。

華奈のことは美人だから大好きと公言し、寝癖で跳ねた髪の毛や、ずり落ちたソックスを見て大げさに嘆く。居眠りするときは口を開けるな、よだれを垂らすなとうるさい。多少、煙たいときもあるが、自分にはまったくない個性なので一緒にいると面白い。金平糖《こんぺいとう》やマカロンが転がるような、女の子らしい話題の数々に圧倒されつつも、けっこう楽しんでいる。

美佐は華奈の家も数回訪れ、持ち前の愛くるしい興奮と共に家具から雑貨まで褒めまくり、華奈の母親のお気に入りになっていた。この先またやってくるだろう。

写真のことは黙っているという素子の返答に、華奈はほっと胸を撫で下ろした。気持ちが顔に出ていたらしく、素子が小さく微笑んだ。揶揄《やゆ》でも苦笑いでもなく、まあまあとなだめるような余裕すら感じる。外見は自分より子どもっぽいのに、表情も雰囲気も年上に思えた。

「こじまゆみちゃんっていったっけ。ゆみってどういう字なの？」

「優しく美しいと書いて、優美。こじまは児童の『児』に島」

預かったままの写真数枚を、素子に返そうと思って机に手を入れていたが、その手が止まる。

「優美」

真っ白な紙の上に手書きの文字が浮かび上がるように、記憶が蘇る。呼吸が速くなる。そこからあとのことはよく覚えていない。華奈の様子を怪訝《けげん》に思った素子が一枚あげようかと言い出し、アップの写真をもらった。断るべきだった。ノートに挟んで自宅の勉机にしまったが、いつまでもくよくよ引きずった。ほとんど見直すこともなかったのに。

教室でのふたりの会話は何度となく素子の小学生時代へと遡《さかのぼ》り、根掘り葉掘りにならないよう気をつけたつもりだが、話の流れで彼女の自宅に遊びに行く約束になった。

国分寺《こくぶんじ》駅から歩いて十分という、住宅街の中の一戸建てだった。素子はしきりに狭いでしょと恐縮したが、華奈の自宅近くにもさまざまな家が建っている。もっと小さな家も古い家も見慣れていた。

温かい歓迎を受け、彼女の部屋で雑誌の切り抜きやお気に入りの私服を見せてもらっているうちにも、あたりは真っ暗になっていた。学校帰りだったので到着したときすでに陽は傾いていたのだ。夕飯をすすめられ、遠慮したが強く引き留められた。華奈が電話を入れると母は渋りながらも許してくれた。一階のダイニングルームで、素子の家族と共ににぎやかな食卓を囲んだ。

帰宅してから母にはしつこく訊かれたが、素子が外部からの受験組であることと、彼女の父親の勤め先を言うと気が済んだらしい。うちにも呼びなさいと言われたが、実現することはなかった。

高等部に進学してからも素子とは立ち話程度の付き合いが続き、高二のときに久しぶりにあの名前を聞いた。

「この前地元の友だちにばったり会って、いろんな話をしたの。そしたら児島優美ちゃん……覚えている？　昔、写真を見せたことがあったでしょ。あの子、引っ越してもう国分寺にいないんだって」

「どこに行ったの？」

「北海道。お母さんがそっちの出身みたいで」

「お父さんは？」

素子は首を横に振った。

「優美ちゃんとこは母子家庭だったから、お母さんしかいなかったの」

思わず「え？」と、大きな声を出してしまった。

「亡くなったんじゃなく、最初からいなかったたって言ってた。でも誰にでもお父さんはいるよね。お母さん、未婚の母だったのかも」

「そうなんだ」

台詞《せりふ》を棒読みするように相槌《あいづち》を打って、華奈は控え目にうなずいた。

「優美ちゃんのこと、まだおうちの人には言ったり訊いたりできないの？」

再び驚いたような顔になってしまう。素子は数年前と同じように曖昧な笑みを浮かべ、それ以上は訊かなかった。華奈の動揺に気づいたろうが、無理に触れようとはせず、遠ざかることもなく、いつもの距離感でそばに立っている。華奈自身が扱いかねている得体の知れない異物を、そのまま持っていてもいいのだと肯定してくれているような気がした。居心地の悪ささえ、分かち合ってくれるような気がした。

だから他の子には見せない顔を見せていたのかもしれない。同じグループの子からよく、何を話していたのかと訊かれた。

美佐など机に頬杖を突きながら、すねたような顔で言ったものだ。

「華奈は自分ってものがちゃんとあって、いつも堂々としてるでしょ。おかしいものはおかしいと言う。けど、だいたいは大ざっぱで細かいことは気にしないよね」

そうだったっけと首をひねると、部内のごたごたやクラス内のトラブルを言われた。いい加減に流すことができないものもあれば、いくら説明されても揉める理由さえわからないものもある。流せないときに流さず、興味のない揉め事に口を挟まないだけだが、これを人は「強い」と言うらしい。羨ましいともよく言われた。

「でも、モトちゃんと一緒にいるときは、あんまり堂々としてないよね。きっぱりとした顔をしてない」

胸を張れない事情があるからだ。くよくよせずにいられない悩みを持っているが、いつもは心の隅に押しやっているだけ。自然と消滅してくれたらどんなにいいだろう。

球技大会での活躍が目に留まりバスケ部から熱心な勧誘が寄せられても、誕生日に近隣の男子高生がプレゼントや手紙を持って次々現れても、合唱部が念願の金賞という栄誉に輝いても、志望大学への推薦入学がすんなり決まっても、誰にも言えない鬱屈は華奈の中に棲み続けた。

「あの頃、モトは何か知っていた？」

代官山の街路樹をちらりと見てから、華奈は尋ねた。素子がここに勤務するようになってから、カフェのテーブルを囲んだのは何度目だろう。今までどちらからともなく触れずに来た話題だった。

「優美ちゃんに関することね。高二の二月だったか、三月だったか、美佐ちゃんに言われたの。華奈から悩みでも打ち明けられてるのかって」

美佐は今、就学前の子を対象とした幼児教室を主宰《しゅさい》している。

「私は首を横に振ったのよ。何も聞いてないものね。でも信じてくれなかったみたい。ふーんって言いながら、自分のおばあさんのことを話し始めた。美佐ちゃんのおばあさんと華奈のおばあさんって、習い事だっけ、ボランティアだっけ、そういうのが一緒だったんでしょう？　華奈のおばあさんが美佐ちゃんちに遊びに来たときに、話しているのが聞こえたんだって」

「なんて？」

「男の浮気とか愛人とかの話になって、華奈のおばあさんがその……自分の息子にもそういう人がいるって」

その場にいたのが美佐ではなく自分であったかのように、祖母の声が聞こえた。あのね、華奈ちゃん、という祖母の含みを持たせた間合いとイントネーションが蘇る。

「相手の女の人は地方の出身者で、一度だけ会ったことがあるって。しかもその人と華奈のお父さんの間には……」

言いづらそうに素子は言葉を切った。代わって華奈が口にした。

「女の子がいる。それもうちにいる孫娘と同じ歳」

「知ってるの？」

「小学校六年生のときに言われたの。祖母は祖父が亡くなったあとも目白《めじろ》の一軒家に住んでいた。でも私が四年生くらいのとき、一緒に暮らせるようにと父が広めの家を手に入れて。目白の家も残しておいたから、行ったり来たりの半同居が始まったの。観劇が趣味で、贔屓《ひいき》の役者さんのファンクラブにも入り、お友だちと温泉旅行や食べ歩きを楽しむような快活な人だったわ」

「今は？」

「私が結婚した翌年に亡くなった」

「ああ、そうだ、結婚式に出席されてたっけ」

足腰は弱っていたものの、まわりのサポートと杖があればなんとか歩けた。着物ではトイレなどがおぼつかないのでワンピースにしてもらったが、本人はたいそうご不満だった。大きなカトレアのコサージュや真珠のネックレス、ダイヤの指輪を新調し、ようやく機嫌を直してくれた。

幸恵《ゆきえ》さんもワンピースになさいと言われたときの、母の顔を思い出す。りっぱな留袖《とめそで》をすでに用意していたのだ。

「おばあさん、華奈にも話していたんだ」

「あなたは幸せよって言われた。こんな大きな家で両親の愛情に恵まれて育つんだからって。最初はなんのことか、意味がわからなかった」

「わかるような、具体的な話があったの？」

かわいそうにねえ、恵まれない子もいるのよ。あなたと同い年なのに、一生日陰者として育たなくてはならない。こんな不憫《ふびん》な事ってないわ。もとはと言えば夫婦仲でしょう。会社の偉い人に紹介され、明嗣《あきつぐ》も断れなかったのね。もう少し穏やかな人と結婚していれば、よその人にふらふらすることもなかったのに。私がしっかり意見すればよかった。幸恵さんにも申し訳ないわ。

華奈ちゃんはしっかりしてね。江藤《えとう》家の娘はあなたよ。あなただけが、本妻の娘なんだから。

「本妻っていうのがどういうことか、わかってからいろいろ気がついた」

「小学生だったのよね」

素子は顔をしかめ、そんな子どもにどうしてとつぶやく。

「華奈のお母さんはどんなふうに思っていたのかな」

「さあ。面と向かって話したことがないから」

「知っているのよね？」

「うん」

物音がしたので顔を向けると若い女性のふたり連れだった。案内されて奥の席に着く。学生だろうか。ＯＬだろうか。平日の午後なので、勤め人ではなく主婦なのかもしれない。ひとりは白いインナーにグレーのロングコート。ひとりは黒の切り替えが効いたココア色のワンピースを着ていた。髪型、靴、バッグにメイク、どれも上質で洗練されている。

学生時代の友だちと、小学校の頃や中学、高校の話をしていたので、自分の年齢がわからなくなる。髪をふたつに結び、制服を着て、教室の自分の席に座っていたのが、つい昨日のようだ。明日もまた駅の階段を駆け上がり、満員電車に飛び込むように思えてならない。

けれどじっさいは奥に座ったふたりより、ひとまわり以上は年上。なにしろ、子どもが中学校や高校に通っているのだから。

「女の子の名前が、『優美』だったわけね。それもおばあさんから聞いた？」

「中学に入って間もなくの頃、家に誰もいない日を狙って、祖母のタンスを調べたの。前の年の手帳がしまってあって、一月のページを開いたら、『優美ちゃんにお年玉』って書いてあった。『明嗣にことづける』、とも。父の名よ。あとから前の年について振り返って考えてみた。父はその頃、しょっちゅう出張に出かけていた。北海道のお土産をもらったこともあった。

「お父さんから話を聞いたことはないの？」

華奈は首を横に振った。

「大学に入ってから兄には訊いた。そしたら、ちょっとした浮気みたいなのはあったようだけど、特定の女性はいない、隠し子もいないって。おばあさまから聞いたと言ったら、鵜呑みにするなと叱られた。お父さんには認知しているような子どもはいない、戸籍を見たからまちがいない、と」

「だったら、おばあさんの思い違いってこと？」

「兄の話を信じるならね。そして私は信じた。信じたかったから。でも……」

納得していたら今、眉根に力を入れたりしないだろう。

「認知した子はいないんだと思う。いたら戸籍に記されるから。けれど、私の中にはずっといるの。父と、母以外の女性と、その人の子ども。認知されていなければかまわないとは思えない。祖母に聞いたときは何よりそれがショックだったのよ。家族思いで曲がったことが嫌いで、母とも仲むつまじくしている父の、たいへんな裏切り行為でしょ。浮気して、よそに子どもを作るなんて。私に、血を分けた姉か妹がいるなんて。ショックのあまり、数日間はほとんど物が食べられなかった。兄に聞いたときは、そんな子はいないと言われてホッとしたんだと思う。でも、誰にも心を割って話せないまま中学を経て高校も出て大学生になり、その間ずっと私の中には優美ちゃんがいた」

「華奈」

素子の手が伸び、テーブルの上に置いてあった華奈の指先に触れる。

「そういうの、よくない。私がよけいなことを言ったからだね。華奈に似ている女の子を知っているって。でも、たまたまの偶然ってあるよ。他人のそら似って言葉があるでしょ。珍しい名前でもない。華奈自身が、不幸でかわいそうな自分を作り上げているんじゃないの?」

黙っていると手を摑まれ揺さぶられた。

「いい加減にしなよ。いくつだと思っているの。十いくつの子どもじゃないんだから。四十三歳だよ。華奈には旦那さんも子どももいる。今は自分の家族のことをだいじにしなきゃ」

「そうね」

「どうして華奈は銚子についていかなかったの」

ここまで包み隠さず話したのだ、という思いが華奈の中に湧き上がった。もっと強く、自分を覆うものをはぎ取ってしまいたい。

「旦那さんとはよく話し合ったんでしょ。患者さんの生き死にがかかっている問題だから、病院側に体質改善を訴えた。それで病院に疎まれて地方に飛ばされた。筋を通すために受け容れて赴任する。この話にまちがいはある？」

「ううん。その通り」

「だったらいい旦那さんでしょう。人としても立派だよ。家族として支えてあげてもいいじゃない。じっさい長男くんはそうしたんだよね」

「私も、この人ならばと思って結婚した。期待通りの人だった。なんの不満もなかった。幸せだった。あの人が病院に楯を突く前までは」

「華奈」

「私のことが一番だいじだと言ったのに、幸せにするためならなんでもすると約束したのに、なぜ私の望みを聞いてくれないの」

「望みって何？」

「病院との揉め事はやめてほしかった。争わずに引き下がってほしかった。東京から離れたくない。銚子には行きたくない。あの人には何度も訴えた。どうしてもって、涙まで流した。けれど聞いてくれなかった」

素子は自分の手を戻し、しばらく考え込んでから口を開いた。

「どうしてそんなに東京に固執《こしつ》するのかな。よその土地だって住めば都。飛び込んでしまえば馴染むものだよ」

「銚子はダメなの。ああいう田舎町、私にはふさわしくない。美佐ちゃんが言ったように、ニューヨークやパリならよかったのかもね。日本ならぎりぎり神戸やさっ――」

札幌と言いかけて飲み込む。札幌はいくらなんでもまずいだろう。気がついたら笑っていた。クスクスと。いっそ自分の境遇についても笑い飛ばせればいいのに。できないのはつまらないプライドのせいか。つまらなくてもなくしたら、立っていられない気がした。

「華奈には田舎町がふさわしくないの？」

「そうよ、私は江藤家でたったひとりの、本妻の娘だもの」

素子が困ったように黙っている。それでも、そう口にせずにいられなかった。

優美ちゃんとはちがう。ちがわなければならない。

手招きされて祖母の部屋に入り、さんさんと日が注ぐ明るい広縁で話を聞かされたときから、自分はずっとそのことだけを思い続けてきた。

素子と別れ、かつての住所を頼りに目白を歩く。行きつ戻りつしながら細い路地をたどり、華奈が足を止めたのは四角い建物の前だった。間口の狭い五階建てのマンションが建っていた。

　ここでまちがいないと思うも、華奈の記憶は呼び覚まされない。同居が始まるまで、何度か訪れた場所だが、古い日本家屋をぼんやり思い出すくらい。祖父母の家の敷地面積はおそらく四十坪ほど。そこに二階建ての家が建っていた。庭にはうっそうと木々が生い茂り、紫陽花《あじさい》や沈丁花《じんちょうげ》、サザンカなど花をつける低木も大きく育っていた。晴れた日でも葉の重なりが日陰を作り、庭のそこかしこに暗闇ができる。絵本で見た森を想像し、畏れもしたし好奇心にもかられた。小さな子どもだったからだろう。

　祖母は縁側に座り、白い猫の背中をさすりながら花の名前を教えてくれた。枇杷《びわ》の木を指差し、あなたのお父さまが植えたのよと微笑んだ。台所では豆が炊かれ、冷蔵庫には牛乳羹《かん》が冷えていた。お線香の匂いがしみた和室に祖父の遺影が飾られ、床の間の柱は猫の爪に引っかかれていた。

　祖父母は共に明治の人だった。祖父は東京だが、祖母は九州の出身。熊本では名の知れた地主のお嬢さまだったと、亡くなるまでよく自慢した。東京に出て成功した親戚に誘われ、女学校を出た年に上京すると、行儀見習いと称してしばらく滞在した。ひと若い娘にとって東京は見るもの聞くものすべてが珍しく、刺激に満ちた街だった。ひととおり楽しんだら帰るという約束だったが、帰れば親の決めた縁談が待ち受けている。渋っていたところ、他ならぬ東京で結婚話が持ち上がった。親戚の顔見知りである青年が彼女を見初《みそ》めたのだ。是非にと請《こ》われ、うなずくまで時間はかからなかった。昭和十年、時代は戦争へと向かう頃だった。

食品会社に勤めていた祖父は目白に家を買い、長女と次女が生まれ、祖母は子育てに追われた。つましい暮らしを続けるも、始まった戦争はたちまち生活をかき乱す。度重なる空襲の果てに終戦。その年の冬、男の子が生まれた。華奈の父親だ。祖父は、新しい時代の到来と共に大喜びしたそうだ。

期待を背負いつつ成長した父は大学の薬学部に進んだ。卒業後は製薬会社に就職。折しも高度成長のまっただ中だった。負けず嫌いで身も心も頑丈、人心掌握《しょうあく》に長《た》けた父は精力的に仕事をこなし、新規事業を次々に成功させた。会社の業績を大幅に伸ばし、異例の出世を遂げた。都内の一等地に邸宅を構えられたのも、若くして取締役に就任したからだ。

忙しい人ではあったが頼られるのが好きで、親戚から友人知人、後輩や恩師に至るまで、人脈の広さを生かして世話を焼いた。家族に対しても大黒柱としての自負があり、季節ごとのレジャーは華やかだった。

一人娘である華奈はたいそうかわいがられ、無愛想で多少かわいげがなくとも父にかかれば、「それくらいでちょうどいい」「高貴なお姫さまでいなさい」と肯定される。多くの人々が一目置《いちもくお》く父に認められるのは誇らしく、大きな安堵をもたらした。

その父に、愛情を一身に注がれているとばかり思っていた父に、もうひとり娘がいると聞かされ、目の前が真っ暗になった。なんの疑いもなくもたれかかっていた柱が、いきなり外されたような驚きだった。


華奈は祖父母の家のあったあたりから移動し、近くにある菩提寺《ぼだいじ》まで足を延ばした。法事やお彼岸《ひがん》のたびに訪れているので馴染みは深いが、ひとりでの墓参は初めてだ。祖父母の眠る墓に花を手向けた後、庫裏《くり》に寄って中の人に声をかけた。

母屋の庭にまわらせてもらい、待つこと十分ほど。広縁の掃《は》き出し窓が開き、名前を呼ばれた。亡くなった先代住職の奥さん、加代《かよ》さんだ。深まりゆく秋の昼下がりではあったが、風のないよく晴れた日だった。お手伝いさんが茶菓を持ってきてくれたので、華奈は広縁へとあがらせてもらい籐椅子《とういす》に腰かけた。

加代さんは御年七十三歳になる。華奈の祖母とは同郷のよしみで仲が良かった。もっとも祖母とは、親子ほども年が離れているが。

「あなたおいくつになったの？」

「四十三です」

「まあ、私が年を取るはずね。つい昨日まで学校の制服を着ていたような気がするわ。今もおきれいなお嬢さんにしか見えないけど」

「もう、上の子は高校生になります」

加代さんは丸い体を震わせてころころ笑った。

「あなたはスミさんのご自慢のお孫さんだったわね」

「そうでしょうか」

スミは祖母の名だ。

「ほんとうは好かれてなかったような気がするんです」

茶托《ちゃたく》の上に置かれたお茶を「どうぞ」とすすめながら、加代さんは小首を傾《かし》げる。皺《しわ》の寄った頰がそちら側へと垂れる。

今日は祖母から聞いた話を打ち明けるつもりで訪れた。祖母が亡くなってから十七年の月日が流れている。過去をよく知る人はどれだけ残っているだろう。祖母の娘、華奈から見れば父方の伯母《おば》はふたりいるが、ひとりは一昨年癌《がん》で亡くなり、ひとりは遠方の嫁ぎ先で介護施設に入っている。

「スミさんが、小学生のあなたにそんなことを」

加代さんは遠い目をしてつぶやいた。

「ついうっかり口を滑らせたのかもしれません」

かばうように言ってみたが、きちんと整えられた白髪《しらが》は動かなかった。

「あの人は護国寺《ごこくじ》のおうちに、行かなかった方がよかったのかもしれないわね」

「祖母が？」

「ええ。最初は息子が大きな家を建てて呼んでくれると、嬉しそうに言っていたの。でもいざ引っ越してからは私によくこぼしてね。目白の家にしょっちゅう戻って来てた」

郷里の遠縁の娘である加代さんを呼び寄せ、寺に紹介したのは祖母だ。なにくれとなくかまう一方、話し相手としても懇意《こんい》にしていた。ほんとうは加代さんを息子の嫁にとも思ったらしい。けれど彼女の方がいくつか年上だったために断念した。当時の江藤家では、年上の嫁も認められなかったのだ。

「スミさんは自分が地方出身というのがすごく嫌だったみたい。コンプレックスっていうの？　そういうのが誰よりも強かった」

「熊本では地主のお嬢さまだったとよく言ってました」

「そうね。だからプライドが高かったのね。スミさんの旦那さまは東京出身でしょ。親戚やら近所の人やらに田舎者扱いされたと、ずいぶん経ってからもそれはそれは口惜しがっていた。明嗣さんのお嫁さんについても、いろいろ考えていたのに、決まったお相手が東京の人。しかも資産家のお嬢さんでしょ。スミさんにとって少しも楽しい話ではなかったのよ」

人柄以前の問題だ。ある意味、母も気の毒だ。最初から毛嫌いされていた。そして母の日頃の言動を思うに付け、関係改善は望めない。母もまた裕福な実家を持つ人だ。地方出身者のコンプレックスなど、たとえ誰かが耳に入れても右から左に聞き流すだろう。

華奈は加代さんの言葉にようやく思い至る。

「護国寺の家の女主《おんなあるじ》は、私の母だったんですね」

「ええ。スミさんにとっては息子の家よ。たいそう出世した上に、親をだいじにする孝行息子が建てる家。さぞかし晴れがましかったでしょう。けれど、いざ出来上がってみれば、そこを仕切るのは自分ではなくお嫁さんだった」

「東京もんの嫁ですね」

すかさず言うと、加代さんはふっと笑った。

「亡くなったスミさんの旦那さまね、東京のお嬢さんかと、縁談を聞いたとたん喜んだんですって。スミさん、そりゃもう怒っていたわ。まさに烈火の如《ごと》く。熊本の嫁がずっと不満だったのかって。旦那さまもよけいなことを言うわよね」

「悪気はなかったんでしょうが」

「男ってそういうものよ」

祖母の気性は知っていたんだろうに。ただ鈍感なだけか。それとも、怒ってつむじを曲げても、どうせすぐに機嫌を直すと高《たか》をくっていたのか。祖父の予想に反して祖母の怒りはあとあとまで尾を引いた。母への敵愾心《てきがいしん》を募らせた。

思い返すまでもなく、祖母の言葉には決まって嫁への蔑《さげす》みが含まれていた。あの話のときもまさしくだ。偉そうにしていても、あなたは夫に裏切られた女なのだと。私の息子はあなたのものにはならないと、高みから見下す気分だったのではないか。祖母からすれば孫の自分も、嫁の小型版だったのかもしれない。

華奈は視線を庭へと向けた。桜の葉が生気なく色を変えている。

毎日意地悪をされたわけではなく、きつく怒られた記憶もない。一緒にデパートに行ったり、旅行のお土産を買ってきてくれたりと、祖母にしてもかわいがってはくれたのだ。けれどなんのくったくもなく家の中を走りまわり、母親と仲良さそうに笑っていれば、ときどき小憎らしくもなったのか。細い針の先でつつきたくもなったのか。しょんぼりと肩を落とせば満足だったろうか。可哀想にと抱きよせられ、優しく撫でさすられたことが苦く思い出される。

「私は祖母の術中にまんまとはまっていました」

「頭のいい人だったから、誰も太刀《たち》打ちできないわ」

華奈は大きく息を吸い込み、吐き出す。

「自分が情けないです。もう四十を過ぎているのに、小学生の頃から延々と悩まされたままなんです」

加代さんは椅子の背もたれに体をあずけ、しばらく目をつぶってから首を横に振った。

「いくつになってもそんなものよ。スミさんがあなたによけいなことを言ったときも、いい歳だったはずよ。小さな孫娘をがっかりさせて喜ぶなんてどうかしている。そのどうかしていることを、いつまでもやってしまうものなのよ」

「はあ」

「私だって、お腹《なか》ん中は真っ白じゃない。みんながみんな年相応の分別を持っていたら、この世に争いなんか起きないのよ」

華奈は神妙な面持ちでうなずいたが長年溜まった澱《おり》は容易に押し流されない。祖母への嫌悪感、要因となった父への失望、そして母。

「ねえ、華奈ちゃん。今ごろになってスミさんの話をするなんて。何か思い出すようなことがあったの？」

「私はずっと、いるかいないのかわからない父の隠し子に囚《とら》われていたのかもしれません。最近そう思うことがあって」

「お父さんには直接訊いてないの？」

「いないと言われても、きっと信じられません」

「いると言われたら？」

華奈は背中に冷たいものを感じた。ぞっとしたのだ。この期《ご》に及んでまだそうなのかと唇を噛む。自分は真実を知りたくない。疑っているくらいで留めたい。家族に向けている父の顔だけを見ていたい。

たとえ他に子どもがいたとしても、今の自分になんの影響もないはずなのに。自分はもう独立した家庭を築いているのに。

「いないでほしいと、今でも思っているみたいです」

「あなたは正直だわ。スミさんとはちがう。きっと、スミさんとはちがう人生を歩むのね」

やわらかく言われ、やわらかく思う。この人はどんな目で、祖母を見ていたのだろう。

八十七歳で祖母は亡くなった。晩年に至るまで、おそらく三十年以上は親しい間柄が続いた。こぼされる不平や不満を聞きながら、表向きは順風満帆な江藤家を少し引いたところから見ていたのだ。

「あなたはお医者さんと結婚したんだったかしら」

「はい」

「そういえば、スミさんが言ってたわ。江藤家にはいないタイプの男性を連れてきたって。愉快そうに笑っていたのよ」

華奈の目の前で加代さんが目尻の皺をいっそう深くする。口元を大らかに開く。祖母は晩年まで指先でしなを作りオホホと笑う人だったが、好奇心は人並み以上に強く、華奈の連れてきた男性にもひっきりなしに話しかけた。父親の職業や兄弟の有無を尋ね、栃木の出身と聞いてからは名所旧跡を指折り数え、温泉地の有名旅館にコネはないのか、あったら紹介するようにとせがんだ。かと思うと親戚に政治家がいるのではと、突然合点がいったように膝を叩くので、あわててちがいますと否定したが、なかなか信じてもらえなかった。

「夫は国立大の医学部を、奨学金をもらいながら出た人です。実家はごくふつうの公務員の家で」

「それが新鮮だったのよ。あなたが選ぶのは明嗣さんに似た人と思っていたみたい。でも、ぜんぜんちがったって」

優美ちゃんのことがなかったら、おそらく父のような人と結婚していただろう。仕事ができて家族思い。地道な努力家でもあり、いざというときに頼りになる。多くの人に好かれ、明るくてタフ。父と過ごした休日は、軽井沢《かるいざわ》の山荘も、石垣島《いしがきじま》のダイビングも、ハワイのお正月も、パリの美術館巡りも今なおまぶしく輝いている。

たった一点じゃないのと、母なら言うだろう。じっさいそういうやりとりをしたことがある。男の人の浮気心をどう思うか。母は少しくらいならしょうがないと言った。精力的にばりばり仕事をこなす男性は、ちょっとした遊びに走るときがある。たくさんある会食やパーティの余波のようなもの。大げさに考えてはいけないと。

それよりも家庭を守ることがだいじ。家族が路頭に迷わないよう力を尽くし、慈《いつく》しむ。あなたのお父さまは文句の付けようがないほど立派な人だわ。これまでどんな不自由を強いられた？　恵まれた環境で育ったはずよ。あなたもお父さまのような人と結婚なさいね。女の幸せはそこにあるのよ。

五年前、華奈の夫が病院と対立したことは、母にとっても青天の霹靂《へきれき》だった。絶対正義である江藤家の主が忠告したにもかかわらず、婿はそれを無視し、病院側との関係を悪化させた。ついには銚子行きを余儀なくされた。白金の瀟洒《しょうしゃ》なマンションに築いていた娘夫婦の家庭は、婿の愚かな暴走により瓦解した。

あなたの幸せを、滋《しげる》さんは踏みにじった。患者のためと言いながら、妻子を泣かせ犠牲にした。お願いだから、あなたまで家庭をめちゃくちゃにしないで。子どもたちがかわいそう。

母の言う家庭とは、母のお眼鏡にかなう幸せの形をしていなくてはならなかった。自分もそれを否定できずにいた。少なくとも五年前から今まで。もう、自由になるべきだろう。母とはちがう家庭の幸せを求めたのだから、与えられた枠に縛られることはない。どうとでも好きなように動けばいい。頭ではちゃんとそう考えるのに、未だに思い切れない自分がいる。

もっと話していたかったが、加代さんのもとに来客があり、華奈は篤《あつ》く礼を言って寺を辞した。陽はすっかり傾き細い路地に長い影法師ができた。左右の家々は軒を並べ、生け垣やブロック塀が続き、ときおり古びた板塀が現れる。電信柱から伸びた無数の電線が張り巡らされ、それより高い庭木は数えるほどだ。ランドセルを背負った子どもが路地から路地へと横切っていく。

歩きながらふと、夫の実家に初めて行った日のことを思い出した。東京駅から東北新幹線に乗り一時間弱。宇都宮《うつのみや》駅には夫の兄が迎えに来てくれた。市内なので車に乗ればゆっくり走っても十五分ほどで着く。住宅街の中の、いくらか年季の入った一戸建てだった。

　中古住宅を購入してリフォームしたのだと、義兄が話してくれた。その前は公務員住宅に住んでいたが、夫は男ばかりの三人兄弟なので、家の中でのプロレスごっこや悪ふざけ、かくれんぼや鬼ごっこに義母が音を上げたとのことだ。

　華奈が訪れたとき、義父は市役所の戸籍課、義母は食品加工会社のパート社員、義兄は地元の信用金庫、義弟は自動車整備工と、家族みんなが働いていた。それは今も変わらない。義父は定年退職したが、市のスポーツ施設で嘱託《しよくたく》職員として週四日、通っている。温厚で口数の少ない人だ。

　義母はよく動きよくしゃべる人で、さすが男の子三人のお母さんというタフな人だ。華奈にも構えることなく接してくれる。初対面のさいに用意してくれた昼食は、ちらし寿司やてんぷら、煮物に和《あ》え物。どれも豪快な量で、息子だけでなく夫にも指示を出して、和室の座卓にお誕生会のような食卓をととのえた。

　義兄は生真面目で神経質そうな外見を裏切り、ひょうきんなムードメーカーだった。信用金庫では地元の老人たちから気に入られ、なかなかのアイドルだと自分で言う。肝心の若い女性からは「いい友だち」としか見られないのが悩みの種だそうだ。華奈たちより遅れること三年、同じ職場の人と結婚した。

義弟は愛嬌のあるかわいい男の子で、幼馴染《おさな》みの女の子と付き合っていた。高卒後、進学はせずに町工場で働き、華奈たちの挙式の半年前、彼女の妊娠が発覚して急遽地元の神社で式を挙げた。生まれた子は今、看護師を目指して専門学校に通っている。

手料理を囲んでのにぎやかな昼食のあと、華奈は夫の滋に連れられ、家のまわりをぐるりと散策した。通った小学校や中学校を訪ねると、当時の遠足や運動会の思い出話をしてくれた。懐かしそうに目を細める横顔を見ていると、殺風景なコンクリートの校舎にも不思議と親しみを感じた。校庭ではサッカー部がドリブルの練習中、体育館からはボールの弾む音と女の子たちの笑い声が聞こえていた。

私は合唱部だったのよと言うと、校舎の右端を指差した。そこが音楽室だったらしい。華奈の脳裏に自分も制服を着ていた頃の練習曲がよぎった。美佐はソプラノ、素子はアルト、自分はメゾソプラノだった。パートごとの練習を経て指揮者が前に進み出る。ピアノの音取りのあと、音楽室は一瞬の静寂に包まれる。

物心つく頃からピアノのレッスンに通い、室内管弦楽《かんげんがく》やらフルオーケストラやらコンサートに行く機会もそれなりにあったが、ほんとうは音楽よりも体を動かす方が好きだった。バドミントンや水泳はふたつ年上の兄に引けを取らず、バレリーナやフィギュアスケートの選手にも憧れた。

けれど学校の部活で合唱を始めてからは、声を出す楽しみを覚えた。コンクールに選ばれるほどではなかったが、独唱の高揚感は自身が刷新《さっしん》されていくような喜びを教えてくれた。声と声が溶け合うハーモニーの面白さは、ひとつとして同じ柄《がら》のない万華鏡のようだ。

思わず唇が動いたのだろう。みつかってしまい、曲名を訊かれた。

「なんとなく、スメタナの『モルダウ』」

「ああ、チェコの曲だね。よかった、知ってるよ。プラハを流れる川の名前だっけ」

今にも歌ってと言われそうで、あわてて話を変えた。

「栃木にはどんな川が流れているの？」

滋はきょとんとしてから、ぐっと胸を張り得意そうに答えた。

「そりゃもう、鬼怒川《きぬがわ》だよ」

今度は華奈が「ああ」と声を上げた。笑顔を向けると、見にいこうと誘われた。すぐ近くなのかと思ったら一旦家に戻り、車を借りて乗り込んだ。十分ほど走らせると市街地を抜け、みるみるうちに視界が開けていく。川を目にする前に車は減速し、脇道に入ってすぐの路肩に駐められた。

華奈が外に出ると滋が手を差し伸べてきた。それをとってなだらかな上り坂を歩く。大きな青い空が視界の端から端まで広がっていた。地平線に見えるのは木々の緑だけ。その奥に目を凝らすとうっすら山脈が見えた。

ローヒールのパンプスを履いていたので足場の悪い道も不自由はない。滋と手を繋いでいるから、というのもある。土手に出ると幅のある河原が見えた。指を差された先に橋がかかっていた。向こう岸まで何百メートルあるだろう。

河原が広く、肝心の川そのものは水深も浅くなだらかな流れに見えた。

「モルダウ川はボヘミアの平原を横切り、プラハ市内を流れていくでしょう？　鬼怒川は東京に来てない？」

「残念ながら利根川《とねがわ》と合流し、千葉に行ってしまうんだ」

その会話を思い出し、華奈は足を止めた。入り組んだ路地を歩き、菩提寺から地下鉄の最寄り駅に向かう途中だった。

「千葉？」

気になって携帯を取り出し、その場で検索した。宇都宮を流れる鬼怒川は利根川と合流し、どこに向かうのだろう。

地図を画面いっぱいに表示した。鬼怒川をみつけて流れをたどる。守谷《もりや》市と柏《かしわ》市の中間地点で利根川にぶつかり、そこから千葉県内の道路に沿って東へ東へと延びていく。そして――。

思わず息を止める。鬼怒川と合流した利根川が、最後にたどり着く町は銚子だった。そこから海に注がれる。

結婚前、夫となる人の実家を訪れた日に、ふたりして橋の欄干《らんかん》から見下ろした川は、のちのち夫と長男が住まう町へと繋がっていたのだ。

唖然《あぜん》とし、その場に立ち尽くす。滋は自分と出会い、都内の病院に勤め、結婚し、白金に自宅を持った。子どもがふたり生まれ、笑顔の絶えない明るい家庭が築かれた。少なくとも華奈はそう思っている。子どもたちも滋も幸せそうだった。ずっと続くことを願っていたのに五年前、辞令を受けて彼は東京に背を向けた。留まってほしいという華奈の訴えは聞き入れられなかった。

直面している現実も、葛藤《かっとう》の種類も譲れないものも、自分と彼とでは異なっていたのだろう。患者の命を守るためだと言われれば、圧倒的に正しい。孤高の決断は賞賛に値する。思えば昔から、いざというときに大胆な行動を取る人だった。失敗を恐れず自身の最良を目指す。思い切りがいい。パーティで初めて出会ったときも、衆目《しゅうもく》を集める中、彼は自分の連絡先を華奈に差し出した。また会ってほしいという意味を込めて。

居合わせた誰もが手厳しくはねのけられるのを想像した。彼の友人もさんざん忠告したらしい。拒絶されれば赤恥をかく。まわりからの失笑は目に見えている。華奈にしても、いつもだったらその手の紙切れはけっして受け取らないのだ。

けれど彼はまっすぐ動いた。やらずにあきらめることのできない人だ。うまくいかなければ傷つくだろう。動いたゆえの代償を払わされることもある。でも川の流れのように、誰にも止められない。そして流れ着いた先で、自分らしく生きようとする。東京の色にも染まらず、人が見れば、「みじめ」のひと言しか出てこないような漁村の安アパートでも、凹《へこ》むことなく日々の暮らしを営んでいく。息子はそこに惹かれ、銚子の町に根付いた。

ひるがえって自分は流れないし、流されない。大岩に挟まった小石のように、どこにも行かない。行けない。

素子はなぜ銚子に行かなかったのかと尋ねた。答えは簡単だ。今の白金の住まいを動けなかったから。あそこは江藤家の一人娘にぎりぎりふさわしい場所だ。そこで医者の夫とふたりの子どもに囲まれ、きれいに家を整え、お菓子を焼いて料理を作り、花を飾り、ときには友だちとホームパーティをひらき、休日は軽井沢や箱根《はこね》に出かける。子どもたちの将来についても考えて相応の学校に入れる。

そのためならどんな労も惜しまない。じっさい自分なりに良き妻、良き母であるよう努めた。夫にはとうてい理解できないだろう。夫だけではない。江藤家の人々も、きっと岩や石にたとえるなと憤慨《ふんがい》する。

華奈は手にしていた携帯へと視線を落とした。電源を入れてメール画面を表示する。返事を要するメールが四件あった。

一件は母から。到来物《とうらいもの》の果物を早く取りにいらっしゃいとある。護国寺の家は去年、大がかりなリフォームを終えて玄関も別々という二世帯住宅に生まれ変わった。兄の家族がそこに入った。小学校に通う男の子がふたりいる。

兄は勤めていた製薬会社を辞め、調剤薬局の会社を立ち上げた。出資者として経営陣に名を連ねていた父は、まわりのすすめや兄の要望もあり社長におさまった。三年前のことだ。

夫が勤め先の病院に反旗を翻《ひるがえ》したのは、会社設立の準備が水面下で進められている時期だった。病院長と懇意だった父はメンツを潰されただけでなく、重要な後ろ盾を失うことになる。夫への怒りが大きかったはずだ。

華奈はあとからそれを知り、母からこう言われた。

「お父さまはあなたの結婚をずいぶんと考え直していたのよ。あれでなかなかいい婿をもらったじゃないかと喜んでいたの。あなたの目はやっぱり節穴ではなかったと。滋さんにも会社の一翼を担ってもらうつもりでいたわ」

それを聞き、眠れぬ夜がまた増えた。父への不信感を拭い去れず、わだかまりを持ちながらも、父に認められることをずっと求めてきた。兄のように、仕事を介しては叶わない。後継者にもなれない。けれど別の形があるのではないか。心の中で思い続け自分でも努力し、よいところまで到達していた。あともう少しで望んでいた高みに着けるはずだった。

けれど夫はすべてを台無しにした。父の失望を買ったうえに、見放されるかもしれない。母からは大丈夫よと慰められた。あなただって被害者ですもの。裏切られたんですもの。お父さまはあなたや子どもたちのことは案じているわ。心配しないでいいのよ、と。

失敗を許され、辛うじて生き延びている気にもなっていたが、脳裏に浮かぶ川の流れは強く奔放だ。あの件がなくても夫は父たちの差し出す器には収まらなかっただろう。最初から価値観が異なっている。

そういう人だから結婚したのにと、華奈は苦い笑みを口元に刻んだ。今は母に会いたくなくて、メールの返事は書きづらい。あなたの娘は被害者ではなく、裏切られてもいないとわかってもらうのはむずかしいだろう。何より、まだ自分が割り切れていないのだから。

二件目は素子からだ。ただひとり、なぜ銚子に行かなかったとなじるように言った彼女は、隠し子の話を孫娘にした祖母がどんな人だったのかもっと詳しく知りたいと華奈に宿題を出した。今日のことはメールに書き切れない。近日中にランチに誘おう。

三件目は夫だ。学会に出席するために東京に出て来るそうだ。白金に泊まるという。自分の家なのだから自由にすればいいと思う。ローンも払ってくれているし、生活費ももらっている。というか、給与振り込みの口座を変えてないので昔のままだ。銚子での生活費を別口座に振り分けているだけ。彼が求めたその額はつましいものだった。

食べ物については野菜も魚も安くて新鮮だと自慢され、そうかもしれないと思わないでもない。けれど衣類は譲れない。息子には冬用のコートを新調しよう。ズボンやスニーカー、手袋やマフラーも。息子を思い浮かべながら選ぶのは楽しい。しゃれたものの似合う子なのだ。持っていくついでに学校の話も、もう少し身を入れて聞いてみようか。仲のいい友だちの名前も実はちゃんと覚えているのだ。

夫とは別居して五年になる。あの人が妻以外の女性と付き合うことはありうるのだろうか。

四件目は娘からだった。おばあちゃんから夕飯を食べに来るようにとメールが来たそうだ。「どうするの？」のあとに、「私は家がいいな」とある。

これにはすぐ返事をしなくては。家で食べましょう。夜遅くになるだろうけどお父さんが来るみたいよ。

喜ぶ娘の顔が浮かんだ。岩に挟まった小石が外れ、水底をころころと転がる様が見える気がした。たゆたう水の流れはハーモニーに似ている。捉えどころも姿形もなく無限に広がりどこかしらに通じる。消えるのではなく注ぎ込まれるのだ。海に、そして人の心に。久しぶりに「モルダウ」を思い切り歌ってみたくなった。自然とお腹に力が入る。背中がすっと伸びる。

歌いながら脳裏に浮かぶのは父と眺めたプラハ市内のモルダウ川だけでなく、夫と見た鬼怒川や銚子の町だといいなと、華奈は初めて思った。

寄り道
タペストリー

この春からずっと自分の中に鈍色《にびいろ》の雲が広がっている。最初はほんの小さな一点だった。青い空のところどころに浮かぶ白い雲の間の、かすかな一点。小さいけれど不吉な予感をはらんではいた。

気づかぬふりでにこにこ笑っていたのに、半年を過ぎた今、手がつけられないほど大きくなってしまった。どうしよう。どうすればいいのだろう。どうすることもできないのか。麻莉香《まりか》はぼんやり階段を上がっていた。手芸部の部室で小一時間ほどパッチワーク製作に励んでいたが、去年の平和だった文化祭を思い出して手が止まった。心配して声をかけてくれる子がいたので、気を遣わせたくなくて早々に切り上げた。

第三校舎にある部室を出て第二校舎にある教室へと戻っていた。ふと気づくと、自分がいるのは四階だ。教室は三階なので、上がりすぎてしまった。ため息をひとつつき、すぐには引き返さず四階の窓辺へと歩み寄った。

麻莉香の通う女子校は、都内二十三区内にあるものの山手《やまのて》線の外側なので豊かな緑に恵まれている。そんなふうに学校案内のパンフレットでは紹介されている。たしかに東側は公園に面しているので緑が見えるが、南は道路、北は高速道路、西にはビル街が迫り、豊かな気持ちにはなりにくい。窓辺に近づいた麻莉香の目に真っ先に入るのも、林立《りんりつ》するコンクリートのビルと、その間によわよわしく浮かぶ西日だけだ。

たなびく雲に阻《はば》まれ、黄色い太陽は溶けたアイスのように横に伸びている。とうの昔に輝きを失い、空を染め上げるような力もなく、ひっそりとこの世から消えていく。なんて哀れなと感傷に浸りかけたそのとき、物音が聞こえた。

四階は理科室や音楽室、家庭科室、それらの準備室などが並び、通常の教室は置かれていない。放課後は化学部や合唱部が部活に使うこともあるが、化学部の活動は週にたったの二日。合唱部は二階のテラスを使って発声練習の真っ最中だ。

おかげで廊下は静まりかえっているのに、話し声が聞こえてくる。どこかに誰かがいるらしい。顔を合わせたくなくて階段に戻ろうとしたが、声に聞き覚えがあった。

誰だろう。耳を澄まして廊下を進んだ。探すまでもなく、ひそひそ話しているのは音楽準備室の中だ。合唱部の子だろうと思ったが、声がはっきり聞こえ、思い浮かんだ顔に麻莉香は当惑した。

バスケット部のマネージャーだ。一学年上の三年生で、夏休みに代替わりしているので正確には元マネージャー。その人がどうして音楽準備室にいるのだろう。訝《いぶか》しんでいると麻莉香を強く揺さぶる名前が漏れ聞こえた。

翼《つばさ》。そして、カノン。

危うく声を上げそうになり口を押さえた。ふたつの名前のうちひとつは麻莉香にとって長いこと胸をときめかせている憧憬《しょうけい》の青空であり、もうひとつは半年前に突然現れた暗雲だ。

中からはさらに、苛立《いらだ》つような憮然とした声が聞こえてくる。「写真」「これはほんとうにまずい」「預からせて」「誰にも言わないで」「お願いよ」。床の鳴る音もする。上履きをこすりつけるような鈍い音だ。踵《きびす》を返したのだろうか。出てくるのかもしれない。

とっさに隠れる場所を探したが、何もない一直線の廊下だ。となりの理科室の前に、段ボールの積まれた台車があった。反射的に駆け寄り、すばやく陰に身を隠した。縮こまって息を殺す。

ドアの軋《きし》む音と共に誰かが廊下に出てきた。かすかな気配が耳に届き、それがゆっくり遠ざかる。すっかり消え去るのを待って、恐る恐る首を伸ばした。

するともうひとり、部屋から出てくる人影があった。知っている顔。同じクラスの……名前はなんだっただろう。マネージャーはこの子と話していたらしい。

思わず立ち上がると、同級生は振り向いて目を瞠《みは》った。

「ごめんなさい。たまたまなの。まちがえて四階まで上がってきちゃって。そしたら話し声が聞こえたから」

名前を辛うじて思い出した。

「野村《のむら》さん、あなたが話していたのって、バスケ部の市村《いちむら》先輩よね」

髪の毛をふたつに結び（といっても校則で決まっているので、全校生徒の三分の一はこの髪型だ。あとの三分の一は結べないほどのショートカットで、残りはふたつに結んでから三つ編み）、眼鏡をかけた中肉中背の同級生は、三つ編みを垂らす麻莉香が優しげに話しかけても全身の緊張を解かない。

やっと名前を思い出したくらいなので、同じクラスといえどもこれまでほとんど交流がなかった。まともに口を利いたことがあったかどうか。相手が警戒するのも無理はない。

このままそっとしておけばよかったのだが、聞き捨てならないことを耳にしたのだ。

「少し聞こえちゃったの。翼のことを言ってたでしょう？」

「ああ……」

眼鏡の奥の瞳が見開かれ、表情が動く。「なるほどね」というニュアンスだ。麻莉香は悟らずにいられなかった。自分は彼女のことをほぼまったく知らないが、彼女の方は知っているようだ。

「お願い、教えて。何を話していたの？」

「それはその」

「口止めされてたみたいね。でもすでに私に立ち聞きされていたのよ。もう遅いってことでしょ。私から広まることはないわ。教えて」

「でも」

「野村さんがダメなら直接、市村先輩に訊く」

眉間《みけん》に力を入れて言うと、強い気持ちが伝わったのか、彼女は仕方なさそうにうなずいた。ふたりして廊下の奥まで進み、それこそ誰にも立ち聞きされないよう、階段へと目を向けながら身を寄せた。

「講堂の裏にあるトイレ、知ってる？　そこの個室を使ったら、壁に写真が貼ってあったの」

「なんの？」

畳みかける麻莉香に気圧《けお》され、しばらく言いよどんでから彼女は口にした。

「仁科《にしな》さんと鳳来《ほうらい》さんが写った写真。背景は暗くて、人がいっぱいいてにぎやかそうで。私は行ったことないけど、たぶん、クラブだと思う」

「え？　クラブって？」

「高校生は入っちゃいけない場所よね。でもドアから入っていくところや、フロアっぽい場所で笑っている写真があったの」

翼がそんなところに。あの、カノンと。なぜ？　どうやって？　麻莉香の知る限りクラブとは、酒を飲みながらダンスを踊る店だ。ダンスの得意なカノンならば、入れる伝《つて》はあるのかもしれないが。

仲良さそうに夜の街に繰り出すふたりが見てきたように浮かび、麻莉香は両手で顔を押さえた。

「だ、大丈夫？　平山《ひらやま》さん」

「ダメよ。もうダメ」

「しっかりして。写真のことがバレたらと、市村さんも心配しているのよ」

「もうバレている。たった今、聞いてしまったもの。私――」

「あなたはいいわ。問題は学校よ。クラブに出入りしてるなんてことになったら、厳重注意だけで済むかどうか。へたすりゃ自宅謹慎。最悪の場合は退学処分でしょ？」

驚いて目を剝《む》く。翼が退学？

「写真をみつけたものの、私もどうしていいかわからなくて。黙っているのも不安だし、かといって誰彼かまわず相談もできないし。ふと浮かんだのが市村先輩だったの。以前、文化祭でお世話になったことがあったから。バスケ部の元マネージャーなら仁科さんのこともよく知ってる。きっと力になってくれると思って、今日は合唱部のいないすきを狙ってここに来てもらったの」

おろおろする麻莉香をよそに、野村さんはきちんとした物言いで的確に状況を説明する。さすがに少しは冷静になり、洟《はな》をすすり、ポケットから取り出したティッシュで目元を押さえた。

「ごめんなさい。翼のこととなるとつい」

「平山さんは正直ね」

あきれられているのか、馬鹿にされているのか。どちらかだろうと思い顔を上げると、前者の雰囲気をにじませつつも穏やかな眼差しが向けられていた。

あらためてまじまじと見返す。眼鏡の奥にあるのは一重まぶたの双眸《そうぼう》、その上の眉毛はぼさぼさで鼻は丸く、唇は白っぽく見えるほどかさついている。肌は日に焼けているのかけっこう黒くて、頬にはニキビがいくつかできている。

これと言った強いインパクトの外見をしていない。だから印象が薄いのだろう。成績はいい方だと思う。公開模試の順位で何度か自分の上に名前を見かけた。

麻莉香の通う私立の女子校はクラス替えがほとんどない。特に高校は三年間一緒だ。だから一年のときから同じ教室にいて体育祭や文化祭、合唱コンクール、校外学習や修学旅行など、行動を共にする機会はたくさんあっただろうに、野村さんに対してこれといった記憶がないのは申し訳ない気がした。

自分の注意は主にとなりのクラスに向いている。翼がいるから。そこにはカノンもいるから。

「写真、どこに貼ってあったんだっけ」

「講堂の裏にあるトイレの中」

「クラブに行くのもどうかしてるけど、誰がなんのために写真を撮ったのかも問題よね」

泣いている場合ではないと遅ればせながら思い至る。

「みつけたのは野村さんだけ?」

「そう。私ひとりがトイレに寄ったときだから。こんなこと言うと恩着せがましいけど、他の人がみつけていたらと思うとゾッとする。まわりの人に見せたりしたら、何かと目立つふたりだもの、たちまち噂に尾ひれが付いて学校にも知られてしまう。生徒じゃなくて、最初にみつけるのが先生だったかもしれない」

「大騒ぎになるのをわかっていて、やっているのかな」

「それってずいぶんな悪意よね。写真は動かぬ証拠になるし」

麻莉香は背筋を寒くしてつぶやいた。

「恐いね」

「だから黙ってもいられなかったの。私がみつけたのはプリントアウトされたものだけど、悪意のある人が元の画像を持っているわけよ」

翼がそんな人物に脅かされていると思うと気持ちが重く沈んだ。

麻莉香が仁科翼を意識するようになったのは小学校三年生になったばかりの頃だ。並外れた運動神経を持つ翼は春の運動会で大活躍し、ちがうクラスにいた麻莉香もすっかり目を奪われた。もとより女子校なので男子はいない。すらりと伸びた手足で風を切るように走る姿は痺《しび》れるほどの甘いときめきをもたらした。

最初のうちは「なんてかっこいいんだろう」という素朴な憧憬だった。同じクラスでないことにがっかりしながらも学校にいる間中、彼女の姿を探し求め、ほんの少しでも目にできたら舞い上がるほど嬉しかった。誕生日や好きな食べ物、持っている文房具の種類、小さな情報を集めてはまわりの子たちと共にはしゃいだ。意外と照れ屋という一面にきゅんとして、猫や犬、ハムスターといった動物をかわいがるエピソードに感激した。

その盛り上がりは夏休み前に一旦《いったん》途切れる。麻莉香の父親が勤務先の病院と揉め、製薬会社の重役である祖父や伯父をも巻きこみ、一家を揺るがす大事件へと発展してしまったからだ。秋になっても騒ぎは収まらず、父にはとうとう異動が告げられた。行き先は千葉県銚子市にある病院だった。

父はみんなについてきてほしいと言った。それに従うならば麻莉香も転校しなくてはならない。でも住み慣れた東京から離れたくない。知らない町に行きたくなかった。心細くて不安で、体調すら壊してしまった。母も似たような状態で、祖父母が断固として「行くな」と言ってくれた。

転校を恐れる気持ちの中には翼への思いもあった。ある日のこと、父が銚子に赴いて間もなくの頃だ。学校に出たら翼が待ち構えていて、「麻莉香ちゃん」と声をかけられた。友だちのひとりが気を利かせ、元気のない麻莉香を励ますよう懇願したのだと、あとから聞かされた。

裏工作があったにせよ、初めて名前を呼ばれ、胸がいっぱいになった。「大丈夫？」と気遣うような顔をされ、惚《ほう》けたように見とれた。ガラス細工を思わせるような透明な瞳、涼やかに整った眉、きれいな鼻筋、凜々《りり》しい口元。どれもこれも手を伸ばし、触れたくてたまらなくなる。

夢見心地のまま、もっと親しくなりたい、もっとそばにいたいと切望した。

「平山さん、よかったら、これから行ってみない？」

「どこに？」

「写真が貼ってあった場所よ」

野村さんに提案され、麻莉香は積極的にではないがうなずいた。足かけ八年、一途《いちず》に思い続けてきた相手の危機に他ならないのだ。


講堂の裏にあるトイレと聞かされたが、そもそも講堂の裏に来るのは初めてだった。附属小学校は通りを隔《へだ》てた向こうに建てられているので同じにできないが、中高等部に移ってからもすでに四年半が過ぎている。でも、知らない場所はいろいろあるらしい。

敷地の東側には体育館と講堂が建っている。間に創立者の銅像やら花壇やらが設置され、生け垣もあるので教室のある校舎とは区切られているイメージだ。講堂では保護者や卒業生を対象とした講演会、発表会なども開かれるので、正面ゲートから専用の通路が延びている。在校生が行くときは体育館の前を通り過ぎて向かうことになる。

「私は中学のときから園芸部だから、建物の中より外の方が詳しいの」

「ああ、園芸部」

知らなかった。

「私は手芸部よ」

知っていると笑われてしまう。

「平山さんが手芸部っていうのはすごく意外だった」

なぜだろう。麻莉香は中等部の一年から手芸部に所属している。

「そんなに不器用っぽく見える？」

「そうじゃなくて。園芸部もだけど手芸部もだいたい地味でしょ。似合わない気がして。平山さんはもっと華やかな演劇部とかダンス部とか――」

「ぜんぜん向いてない」

野村さんは「そうかな」と納得しかねる顔で首をひねった。

「すごくイメージだけど」

「ピアノやバレエなら小さいときに習ってた。これでもミュージカルに憧れて将来は舞台女優を夢見たこともあるのよ。でも才能がまったくなかった」

「そんな子どものときのことを」

「わかるの。同じ頃に習い始めた子に比べて上達が遅くて、どんどん差ができるの。年に一度の発表会は悲惨だった。よその人から『あの子、見かけ倒し』とどれだけ言われたか。やめたくてたまらなくなっていたら、小三のときに家でちょっとごたごたがあって、それを機にすっぱりやめることができたの。揉め事はつらかったけど、やめられたのはほんとうに助かった」

体育館からはボールの弾む音や荒々しい掛け声が漏れ聞こえてきた。今日はバスケ部の練習日なので中には翼もいるはずだ。今までだったらひと目だけでも姿が見たくて、足を止めていただろう。建物に駆け寄り、ドアの隙間からのぞき込んでいたかもしれない。コートの中の翼は一番輝いている。

「平山さんならミュージカル女優がぴったりだと思うなあ。スカウトにだって、何度もあってるんだよね。私、聞いたよ。有名な大手プロダクションに声をかけられて、そこの社長さんに校門の近くで待ち伏せされたとか」

「夢は見るけれど、叶えるための努力はする気にもなれないの」

「もったいないよ。平山さん、ほんとうにかわいくて……すごく美人だもん」

恥ずかしそうに照れたように言われ、麻莉香はにっこり微笑《ほほえ》んだ。この手の話題は苦手だが、野村さんの言葉に嫌味も毒気も感じられず素直になれた。

「おしゃれは好き。かわいいと言ってもらえて嬉しい。これでもけっこう頑張っているんだ。前髪の長さとか、眉の形とか姿勢とか。でもそれ以外は頑張れない。私が好きなのは針に糸を通してちくちく縫うことなのよ。これは才能のあるなしを気にせず、遅くても下手でもかまわない。ちょっとずつ形になっていくのが楽しいんだ」

野村さんは「ふーん」と頼りない声を出した。

「文化祭の展示は見てるよ。平山さん、去年はお菓子の家だったでしょ」

丸一年かけて去年の秋に完成させたタペストリーだ。ヘンゼルとグレーテルをモチーフにした。

「嬉しい。ありがとう。今年のは、雪の結晶をちりばめたガラスの城なの」

前を歩いていた彼女が半分だけ振り返り、うなずく雰囲気で微笑んだ。今年も見てくれそうだ。

体育館を離れると講堂は目の前だ。入学式や卒業式はもちろん合唱コンクールや文化祭でのイベントなどたびたびお世話になる建物だが、今日は出入り口に向かわず手前で左に折れて壁に沿って歩く。植え込みとの間の細い通路だ。

「ここからトイレに入れるの?」

「建物の中じゃなく、外からしか使えないの」

驚いて、なぜどうしてと聞き返す。

「昔はもっと敷地が広くて、テニスコートを造る計画もあったんだって。クラブハウスみたいなのを講堂脇に建てるはずが、計画倒れになってトイレだけ造ったと聞いた。でも肝心のコートはここではなく北側にできたでしょ。トイレだけ置いてきぼりって感じね」

「へんなの」

「北側にもっと広い敷地が確保できて、こちらは区に譲って公園にしてもらったらしい」

「ぜんぜん知らなかった」

「そう？　でも市村先輩は知ってたよ。入り口のサザンカが茂り過ぎてるところよね、って言ってたもん」

サザンカ？　首を傾げた麻莉香に野村さんは「椿《つばき》みたいな木」と教えてくれた。建物の裏にまわると思ったよりも広い場所に出た。幅が三メートルはあるだろうか。公園との間には高いフェンスが建っていた。

「ここにスズランの群生《ぐんせい》があるの。一昨年《おととし》卒業した先輩に教えてもらって、毎年楽しみに手入れしてるんだ」

「他の園芸部の人たちは？」

「みんな意外と自分だけの秘密の花壇を持っている。私はここ」

野村さんが口元をほころばせて眺める視線の先には、緑の塊《かたまり》がぽつぽつ見えるだけだった。囲いのようなものが施されていないので、花壇というより花園だろう。ただし今は花がない。麻莉香には空き地の草むらにしか見えなかった。

問題のトイレは建物の横っ腹にくっついていた。一応、男女の区別があり、左が男性用、右が女性用。間に洗面所が設けられていた。女子校なので圧倒的に女性が多いが、テニス部となると男性コーチもいる。

右側の入り口近くに、なるほど地面に覆い被《かぶ》さるように緑の茂みがあった。

「ほんとだ、これはサザンカね。私にもよくわかる」

言いながら枝にぶら下がった木製の札を指差した。サインペンの手書き文字で「サザンカ」とある。

「そっか。忘れてた。この前……つい三日前よ。校内のあちこちの植物につけたんだけど、余ったのがあったからここにも下げたの」

「見た目は椿っぽいね」

重なり合う葉の間に膨らんだつぼみがあった。どうやらピンク色の花が咲くらしい。

「秋から冬にかけて咲くのがサザンカ。椿はもっと春の近く」

「野村さんってやっぱり植物に詳しいね。でもって嬉しそうにしゃべる」

「そうかな」

それにしてもトイレだ。入り口のドアは押せば入れるらしく、鍵は掛かってないようだ。

「ここって使用可能なの？」

「うん。この前の地震のときにこういった設備は点検して、全部使えるようになったの。ちゃんと水も流れるよ。トイレットペーパーも完備」

「ふーん。野村さんはよく使うの？」

私なら恐くてパス、というのをぼやかして言った。

「うん。かわいいスズランのそばだと思うと不思議と落ち着くの」

それは不思議すぎるかもしれない。

「他に誰か使ってる？」

「と思うけど。今まで遭遇したことはないかも」

遭遇したらどんなにびっくり仰天か。悲鳴だけではすまないかもしれない。全力で突き飛ばすか。腰を抜かすか。

「入って」と促され、気が進まないが麻莉香は足を踏み入れた。寒々とした雰囲気で薄暗い。個室は建物の側にふたつ並んでいた。どちらも鍵が掛かってないらしく、ドアに隙間ができている。

「私はいつも奥を使っているの。写真が貼ってあったのもそっち」

言いながら反対側の壁に歩み寄るのでなんだと思ったら、胸の高さに窓があった。そこからの灯りで電気をつけていなくても真っ暗ではないのだ。野村さんはしっかり閉まっている鍵に手をかける。

「空気の入れ換え。入ったときはだいたい窓を開けるようにしてるんだ」

「待って。今はいいよ。長居しないから。ちゃっちゃっと見てすぐ出よう」

麻莉香は意を決し、個室のドアを押し開けた。誰もいない。よかった。ふつうの白い洋式便器が横向きに設置されているだけだ。心からほっとする。

「そこの壁よ」

後ろから言われ、野村さんだとわかっていてもドキッとする。トイレってどうしてこんなに恐いのだろう。ここまで来たのだからと自分に言い聞かせ、狭い個室に体をねじ込んだ。便器の向かいの壁をまじまじと眺める。

「貼ってあったのは何枚?」

「三枚」

「ここだと画鋲《がびょう》じゃないよね。セロテープで貼ってあった?」

「うん」

「警察だったら真っ先に指紋を調べるよね」

「そうか。テープなら捨てずに持っているけど。写真からはがして手帳に貼ったんだ」

野村さんは手に持っている自分のスクールバッグへと視線を落とす。そこに入っているのだろう。残念ながらテレビドラマとちがって鑑識《かんしき》は身近にいない。

「みつけた写真はどうしたの？」

「市村先輩に預けた」

「じゃあ、今は持ってないんだ」

うなずく彼女を見て、がっかりするようなほっとするような。麻莉香は個室から出て、ちらりととなりのドアにも目を向けた。五センチほど隙間ができていて、鍵もかかっていないことを示す青になっている。念のために押し開いて中を確認した。さっきと同じ白い便器がひっそりとたたずんでいる。まわりの壁には何も貼られていなかった。

「野村さん、こっちを使うことは？」

「ないな。なんとなく」

「だったら、もしもこっちに貼ってあったら、いつまでも発見されなかったんだね」

彼女は目を丸くした後に首を傾げる。

「生徒や先生はわからないけど、職員さんは定期的に見回りをしてると思うよ」

「でも、いちいち個室の中までは点検しないんじゃない？」

鍵がかかっていなければドアは少し開いた状態になる。それを見て無人と判断するだろう。

「そんなふうに言われると、まるで私がどちらを使うのか、知ってたみたいね」

気持ちのいい話ではない。行動を知られているということも。わざと発見させているということも。もしも「たまたま」でないのならば。

「窓が開いていれば、外からだってトイレの様子がわかるものね。あらかじめ計画的に、野村さんにみつけてほしくて奥の個室に貼ったのかも」

「待って。どうして私なの」

「さあ、それは……。なんでだろう」

最初から考えてみようと野村さんは言った。

「隠し撮りって、簡単にはできないよね。クラブのそばに張り込んで、ふたりとわかるようなのをバッチリ撮った。絶対にやめさせたくて強硬手段に訴えたとしたら、まずはふたりに見せてると思うの。でもトイレに貼り出したっていうのは――」

「校則違反を犯していることを、ふたり以外の誰かに知らせたかった？」

「誰かって、誰？　私じゃないよ。私と仁科さんや鳳来さん、なんの関わりもないもん。このまま知らんぷりをしていても私はよかったの」

野村さんのことが少し羨ましかった。いや、「かなり」かもしれない。あのふたりの親密そうな写真を見ても動揺せず、平常心でいられるのだ。麻莉香は相槌を打つようにうなずき、窓へと視線を動かした。いつの間にかすっかり日が暮れている。トイレの中で視界がきいているのは目が慣れていたからだろう。外灯のおかげもあるらしい。

野村さんを急かし、あわてて外に出た。紺色の空には星がちらちらと瞬《またた》いている。夜空はきれいなのに地上には不穏な空気が薄ら寒く流れていた。

翌日、学校に行くといつもと変わりはなかった。不穏な噂は広まっていない。

麻莉香はクラスの友だちと宿題やテレビドラマの話をして、誰かの持ってきたファッション誌をめくる。

ほんとうならのんびり雑誌を眺めている場合ではなく、翼に対して写真の真偽《しんぎ》を問いただされなくてはいけなかった。クラブに行ったのはほんとうか。ほんとうならばなぜなのか。好奇心だろうか。魔が差したのだろうか。麻莉香の中で、誘ったのはカノンの方としか考えられない。

翼は初めて出会ったときから真っ直ぐで、曲がったことが嫌いで凛々しくて、根っからの体育会系人間だった。強いけれどナイーブな一面もあり、シャイで照れ屋。そこがまた魅力的だ。バスケにおいては他校からの評価も高く、徹底的にマークもされるが、しなやかに振り切ってのゴールも、強引に突破してのゴールも、体育館を揺るがすほどの大歓声に包まれる。見る者の心を揺さぶらずにはいられない、根っからのスタープレイヤーなのだ。

三年生が引退した今は、これまで以上の活躍が求められる。二年生が主体となって新しいチームを引っぱらなくてはならない。日々の練習以外にも交流戦やら大会の予選やら、スケジュールはびっしり埋まっているはずだ。夜遊びに出かける暇などない。ましてや校則違反ともなれば部活動の停止は免れない。練習に参加できず、試合にも出られなくなる。

今すぐ忠告が必要だ。ガツンと意見しなくては。それはよくわかっている。重々承知しているのだが、麻莉香は昨夜、何もできなかった。電話を何度もかけようとして、スマホのキーにとうとう触れられず、メールも書いては消し書いては消しを繰り返した。

一年前の自分なら考えられないことだ。もっと言ってしまえば、半年前の自分なら。

教室では野村さんの姿を探し、彼女と目が合ったところで互いに小さく会釈した。昨日の帰宅時にはLINEをやりとりするようになっていたので、すでに情けない自分についても打ち明けていた。野村さんからは「むずかしいよね」と返ってきた。麻莉香の心情を慮《おもんぱか》っての言葉だろう。

問題の写真にはカノンも写っていた。ふたりとも私服を着て、べったり寄り添い、店の前で数人の男性相手に笑っていたらしい。フロアの中の一枚も、店から出てきて、辺りを見まわしているところもずっと一緒。

鳳来カノンが転校生として麻莉香の通う女子校にやって来たのは今年の四月、新学期の第一日目だ。翼のクラスへと編入された。最初から注目を浴びていた。くっきりとした目鼻立ちの、日本人離れしたとてもきれいな子だったからだ。父親が日本人とロシア人のハーフというクオーターで、生まれはドバイ。五歳まで住んでからロンドンに移り、小学校の高学年は日本のアメリカンスクールに通っていたという。中一からロサンゼルスに住み、高校二年の春、再び日本に戻ってきて、祖母の出身校への編入を果たした。

もとより帰国子女はごろごろいるし、ハーフもクオーターも珍しくない。美人も多種多様揃っている。派手な子もユニークな子もいる。けれど鳳来カノンが異彩を放ったのは、主に彼女の身体能力による。転校早々の体育の授業でその片鱗《へんりん》を見せつけ、運動部から次々に声がかかると、「やっていたのはダンス」とのひと言で舞台に引っぱり上げられた。折しも、新入生向けの部活発表会が体育館で催されている最中《さなか》のことだった。

彼女は居合わせた人々の目を釘付けにした。しなやかで艶《あで》やかで力強いパフォーマンスは鼻息の荒いダンス部をも黙らせ、レベルのちがいは素人目にも明らかだった。

その後も運動部の誘いをすべて断り、ダンス部にも背を向け、奔放な言動でもってまわりを驚かせた。校内に流れる暗黙のお約束や常識、空気を読んでの行為に従わず、納得できないものにははっきり「NO」と言い、理解できて許容範囲内ならば「OK」とうなずく。気まぐれで我が儘だけど、すべてにおいて偏屈というわけでもなく、たまに見せる無邪気な笑みは破壊的だ。まわりをさらに振りまわす。鳳来カノンという名前が敬称抜きで多くの人の口にのぼるようになり、聴いている音楽や持ち物が噂され、アンチもいるけどそうでないのも出てくる。

どうせならそのまま、シンパに囲まれ小悪魔的な王女様でいてくれればよかったものを。体育の授業で彼女と互角に渡り合えるのは翼の他におらず、クラス対抗の球技大会ではそのふたりが組んでめざましい活躍を見せた。いつの間にかふたりは意気投合していた。

翼に惹かれ、少しずつ距離を縮めていった麻莉香とはまったくちがう。翼の方がカノンを気に入り、あっという間に距離を詰めた気がする。カノンを見るときの眼差しは楽しげで、欠点すら面白がっているように見える。カノンもまた翼にだけ心を許し、特別扱いだ。

練習が休みになる定期テストの前は、麻莉香がつきっきりで翼の苦手科目をサポートする貴重な時間なのに、カノンの勉強も見てくれと頼まれ青ざめた。断れずにいると、カノンが嫌だと言い出し、そっぽを向いた。翼との時間は以前に比べ半減した。

夏休みは例年通り、都大会に向けての予選が行われ、麻莉香も観戦に出かけたが今年は二回戦で早くも敗退してしまった。反省会やら気合いを入れ直しての練習やら、あるとばかり思っていたのに、珍しくオールフリーの日が数日できたそうだ。そのオフ日を翼はカノンとだけ過ごしたらしい。あとから人伝《ひとづて》に聞かされ、麻莉香は落ちこまずにいられなかった。

野村さんの言うように手芸部では地味すぎるのかもしれない。相手はコンクールの上位入賞校としてプライドも高いダンス部を、一瞬にして凹《へこ》ませた強烈な個性の持ち主だ。

その人と秘密裏に出かけた夜遊びについて、翼にどう意見をすればいいのだろう。何を言えば心に届くのだろう。

平静を装いながら、翼に会わないよう気をつけて授業を受け、休み時間もやり過ごした。放課後は手芸部に顔を出し、進まない針をそれでもちくちくと動かした。タペストリーはほとんど完成したが、まわりの装飾がまだ残っている。共同製作のモチーフ作りもあと一歩。家でやるつもりでキットを鞄に入れて持ち帰った。

自宅は白金にあるマンションだが、家に帰ると母親は仕事で留守だった。数年前まで専業主婦として趣味や習い事に励むくらいだったが、いろんなことをやってみると言い出し、大学の社会人講座を受けたり、ひとり旅に出かけたり。最近ではインテリアショップでパートとして働いている。旅の行き先は北欧だったので、それなりの計画性はあるのかもしれない。

ご飯や煮物を温めて夕食をすませ、テレビを見ながらキットを用意していると野村さんからＬＩＮＥが入った。返事を書く間もなく電話がかかってくる。

「今どこ？」

「家だけど」

「急にごめんね。市村さんから連絡があって。仁科さんのことなの」

野村さんの話によれば、市村先輩は元マネージャーとして翼を呼び出し、例の写真を突きつけて注意したらしい。翼はクラブに出かけたことを認めたが、もう二度と行かないという約束はしなかった。お気に入りのＤＪが来日していて、その人のイベントをどうしても見にいきたいそうだ。バスケとＤＪとどっちが大切だと迫ったところ、返事をせずに立ち去ったという。

「先輩も困ってしまい、他の三年生に相談したんだって。その人は仁科さんと家が近いこともあって、自宅まで行ったそうよ。でも仁科さんは出かけていて留守だったらしい。別の人からの情報で、鳳来さんも出かけているようなの。派手なかっこうをした彼女とすれちがった人がいた」

「まさか今夜も？」

「ひょっとして、平山さんのところかなとも思ったんだけど」

言われて胸が痛い。野村さんに罪はないが無数の矢が突き刺さった気がする。がらんとしたリビングで、麻莉香は天井に視線を向けた。お気に入りのＤＪとは誰だろう。イベントってなんだろう。わからない。もしかしたらこれまでも話してくれていたのかもしれない。翼は洋楽が前から好きで、ヒップホップとかハウスとかＲ＆Ｂとか、種類を語りながらよく聴いていた。

忸怩《じくじ》たる思いが広がる。好きだ憧れてると騒ぎ、長いこと追っかけみたいなマネをしていたのに、自分は翼の何を知っていただろう。理解しようとしていただろうか。一方的にきゃあきゃあ言って、ちょっとでも構われると手放しではしゃぎ、独り相撲《ずもう》を楽しんでいただけでは。

翼は生真面目に答えてくれた。試合の応援に行けば礼を言い、差し入れに喜び、たまには一緒にランチを食べ、図書館で勉強した。揃いの文房具や鞄《かばん》に付けるマスコットも、いやがらずに受け取り、文化祭では麻莉香の作品の前でぴったり寄り添い写真に収まった。無理をしていたとは思えないし思いたくもないが、趣味のちがいがあったからこそ、四月からの数ヶ月で距離ができたのではないだろうか。

麻莉香はぺたりと座っていたラグから立ち上がった。好きなＤＪのイベントに参加したい、音楽を聴きたい、というのが翼の切なる願いならば、叶えてあげたいと素朴に思う。

けれどクラブ通いはまずいだろう。代償が大きすぎる。悪意を持った人もうろついているのだ。二度目、三度目があれば処分がぐっと重くなる。

「野村さん、翼が行ってるクラブってどこだろ。私もそこに行ってみる」

「平山さんが?」

時計を見るとすでに夜の九時近かった。これから支度をして、何時に出られるだろう。母が帰ってくる前に出てしまいたい。

「場所がわかるような手がかり、何か写ってなかった? なんでもいいの」

「看板が写っていたけど」

「教えて。なんていう店?」

聞き返しながらリビングに置いてあるノートパソコンを立ち上げた。野村さんは渋りながらもアルファベットの六文字を口にした。それを入力して検索する。渋谷の道玄坂《どうげんざか》にあるクラブが一番上に表示された。

「出てきた。場所もわかる」

「平山さん、どうしてもって言うなら私も一緒に行く。ひとりじゃ危ないよ。ただ、道玄坂ってよく知らないの。駅で待ち合わせしてくれる?」

渋谷となると、麻莉香は目黒《めぐろ》に出てＪＲだ。野村さんは田園都市線で来るという。一番わかりやすいハチ公前を待ち合わせ場所にした。

　夜の渋谷駅は原色のネオンやビルの照明を浴び、多くの人でごった返していた。チラシやティッシュ配りは昼間でもいるが、前に立ちはだかったり手を差し伸べたりして話しかけてくる人がいる。麻莉香はジーンズの上に黒いブルゾンを羽織り、鞄を斜めがけにし、誰とも目を合わさないよう顔を伏せていたが、立ちはだかられては足を止めざるを得ない。逃げ道を探すために顔を上げると相手の思う壺だ。「かわいい」「どうしたのこんなところで」「どこ行くの」と畳みかけてくる。

　駅の建物から外に出て、ハチ公の銅像までがとんでもなく遠い。何人も振り切ってやっとの思いでたどり着くと、そこにもたいへんな人だかりができていた。きょろきょろしているとまた誰かに話しかけられる。

　場所の変更を考えていると、奇跡的に野村さんと巡り会えた。彼女も黒っぽいズボンに濃い灰色のパーカーという地味なかっこうをしていた。ぴったり寄り添ってその場から逃げるように歩き出す。

　行き交う人が多い上に歩道の真ん中で騒ぐ集団もいて思うようには進めず、すれちがう人の派手な身なり、ぎょっとするメイクにも驚かされた。１０９《イチマルキュー》を通り過ぎ、道玄坂へと入っていくと人は減り、今度は防犯面で不安になってくる。けばけばしいネオンも怪しげな店もコスプレした客引きも恐ろしく薄着のおねえさんも酔っ払いの笑い声も、女子高生ふたりの日常からかけ離れている。自宅からほんの二、三十分の場所なのに別世界だ。

めざすクラブへ行くためにはさらに細い路地へと分け入らなくてはならない。闇の色が濃くなり、ゲームセンターからの電子音が薄っぺらく響く。麻莉香ひとりではとうてい行き着けなかっただろう。

「野村さんが来てくれなきゃ、駅前でリタイアだった」

「その方がよかった、ってことにならなきゃいいけど。平山さん、おうちは大丈夫なの？」

「今はお母さんとふたり暮らしなの。そのお母さんが仕事でいなかったから出るのは簡単だった。野村さんは？」

「友だちに呼び出されたことにした。近所のファミレスに。若い人もけっこういるね」

ファミレスではない。夜の渋谷の路地裏だ。歩いている人だけでなく、建物の壁に沿って行列ができている。何に並んでいるのだろう。訊くこともできずに、黙って横を通り過ぎる。柄の悪そうな人たちがたむろしていると、恐くて手前の路地を曲がってしまう。明らかにいかがわしい店もあって、掲げてある看板の文字にも引きつる。

次第にどこをどう歩いているのかわからなくなった。スマホを出して確認したいがそれをする場所がみつからない。立ち止まってきょろきょろしていると、「どうしたの」と近寄ってくる人がいるのだ。そのたびに慌てて踵を返したが、何人目かのその手の男性に、ついに教えを請うことにした。店の名前を言うと「ああ」と軽く言う。

「どこにありますか？」

「あそこ、未成年者は入れないよ。顔の利くところがあるから連れていってあげようか」

「入れなくてもいいんです。場所が知りたいので教えてください」

相手はちゃらちゃらした男のふたり連れだった。大学生だろうか。上から下まで麻莉香を眺め、「まあいいけど」などと首を振って歩き出した。おかしげなところに連れていかれそうになったら逃げ出さなくてはと身構えながらくっついていくと、ふたつ、みっつ、路地を曲がったところで顎をしゃくってみせた。

麻莉香にへばりついていた野村さんが小さく「あっ」と声を上げた。指差す先に行列ができていて、その先頭に灯《とも》りを点した看板が見える。「ＲＩＺＵＲＯ」とあった。写真の眺めを野村さんは思い出したらしい。

「あれなの？」

「たぶん」

高さは三、四階建てくらいありそうだが、ふつうのビルとちがって窓が見当たらない。

のっぺりとした灰色の塊だ。看板近くの壁にポスターのようなものが何枚も貼ってあった。案内してくれた男性ふたりはそばまで行こうとしたが、麻莉香たちは自動販売機の陰に身を寄せた。並んでいる人の中に翼やカノンがいるかもしれない。その近くにカメラを構える人がいるかもしれない。

「なんだよ、そんなところに隠れて」

「今日もイベントってあるんですか？」

「さあ。あるのかもしれないね」

渋谷までの電車の中で調べてみたが、サイトを見てもよくわからなかった。

「でもここのイベントなら高校生はNGだよ。VIP同伴なら入れるかもしれない。紹介してあげようか」

「VIP？」

「学生証の偽造《ぎぞう》だってできるしさ。大学生のふりをすればいいんだよ」

高校生でも潜り込める方法があるのか。出入りする翼たちの写真が撮れたのだから、何かはあるのだろうけど。具体的に話を聞くと生々しくて苦しくなる。夜の闇が体の内側にも染み込んでくるようだ。

「女の子なら化粧すればもっと大人っぽく見えるからさ。今のままじゃダメだな。来なよ」

「いえ、私たちはいいんです」

「そう言うなって。メイク道具やウィッグを持ってる知り合いがいるんだ。試しにやってみよう。すぐそこだよ」

男たちが体を寄せてきて、それぞれ麻莉香や野村さんの背中に手をまわす。びっくりして「やめて」と体をよじらせた。野村さんももちろん抵抗する。そちらの方が大柄で、恐怖心を煽られるというのもあるだろう。泣き出しそうな彼女を見て麻莉香はひどく義憤にかられた。自分に寄ってくる男を突き飛ばし、野村さんと大柄男の間に割って入る。

「いやがってるでしょ。触らないでよ」

肩をそびやかし睨みつけると、男たちはてんでに口元を歪めて笑った。

「威勢がいいね。怒った顔もかわいい」

「話なら向こうで聞くからさ」

次の瞬間、痛いほど強く腕を摑まれた。悲鳴も出せずにいると横から「何やってるの」と声がかかった。見れば中年女性がふたり、つかつかとこちらに歩み寄ってくる。

「その子たち、未成年じゃないの？　こんなところで何やってるの」

麻莉香に迫っていた男は訝《いぶか》しむ視線を向けつつも、すぐに手を離した。

「道案内しただけだよ。そこの店に来たいって言うから」

「ここはクラブでしょ」

「知らねえよ。会ったばかりだし。おい、行くぜ」

大柄男に声をかけ、踵を返したとたん駆け出した。突然のことで麻莉香たちは立ち尽くすだけだ。いったい何が起きたのだろう。

「あなたたち、高校生？　それとも中学生？」

男たちに代わって女性ふたりが詰め寄ってくる。

「何時だと思っているの。未成年がうろうろするようなところじゃないのよ」

「どこから来たの？」

初めはどちらも中年だと思ったがひとりは若そうだ。でもそんな問題ではない。麻莉香は野村さんの腕を掴み、自分の方へと引き寄せた。彼女の目も警戒心でいっぱいになっている。

「とにかく場所を変えましょう。このあたりは危ないのよ。さっきみたいな男もいるし」

「いえ、大丈夫です。ありがとうございました」

麻莉香が言うと野村さんも合わせてくれた。

「私たち、塾の帰りなんです。ＲＩＺＵＲＯって食べ物屋さんかと思ったから」

「もう帰ります。気をつけます」

女性たちは引き留めようとした。「待ちなさい」と強い口調で言いもしたが、麻莉香も野村さんも振り切るようにしてアスファルトを蹴った。捕まりたくなくて夢中で駆け出す。さっきの男たちからも、別世界のような路地裏からも逃れたい。元の世界に帰りたい。手に手を取って走っているとなんとか見慣れた大通りにたどり着く。でもまだ油断できない。

「さっきの人たち、女性警官？」

「そうなんじゃないの。補導されたら大変だよ」

知った場所に出られてほっとしつつも、さっきの男たちや女性たちがいつどこでひょっこり顔を出すかわからない。びくつきながらも駅に向かって歩き出そうとした矢先、横から名前を呼ばれた。

「麻莉香、どうしたの。あら、野村さんも」

同じクラスの子だ。他にふたりいて、顔に見覚えがある。学校の子だろう。

「びっくりだねえ。こんなところでこんな時間にどうしたの」

「佳美《よしみ》ちゃんこそ」

「私たちはエマちゃんのおばあさまのおうちにお邪魔してたの。そこのマンション。素敵なお部屋なんだよ。夕飯をご馳走になっての帰り」

指を差す先にビルがいくつも建っていた。その中のひとつなのだろう。

「麻莉香は？」

「ちょっと用事があって」

「野村さんと？　珍しいね」

自分でもそう思う。昨日、親しくなったばかりだ。とんでもない写真がみつかって。立ち話の間も野村さんは怯《おび》えた様子でしきりにまわりを気にする。それを見て、ばったり出会った佳美たちは怪訝《けげん》そうな顔をする。

「どうかしたの？」

「さっきそこで変な人に絡まれて」

「うわあ、やだね、恐いよね。もう帰るところでしょ。駅まで一緒に行こう。五人もいれば大丈夫だよ」

女の子たちはうなずき合って、野村さんを間に入れて駅へと歩き出す。今度こそ助かったと思った。男たちや女性たちが追いかけて来たとしても、集団の中にいればみつかりにくい。たとえ麻莉香たちに気づいてもちょっかいは出さないだろう。

勢い込んでのクラブ行きは道に迷った揚げ句、男たちに絡まれ、危うく補導されかかって逃げ出すというふがいなさで終わった。家に帰ってからは母の詰問《きつもん》に遭い、深夜営業の書店を口にしたが、疑わしい目で見られただけ。夜の外出はコンビニまでも絶対ダメだと禁止レベルが跳ね上がった。

翼の家族はどうしているのだろう。きょうだいはお兄さんがひとりいて、この春から浪人生だと聞いた。いい大学を狙っているらしい。お母さんは専業主婦でお父さんは銀行員だったか。運動会や文化祭で何度か顔を合わせたことがある。ごくふつうの、優しそうな両親だった。翼からも家庭に関する悩みは聞いたことがない。ふつうの親ならば、夜遊びに寛容ではないだろう。クラブ通いは秘密なのだと思う。いや、イベント目的ならば通いではないのか。

渋谷駅で別れた野村さんには何度となく「ごめんね」とＬＩＮＥした。恐い思いをさせてしまった。帰りも遅くなったので親に叱られたのではないか。大丈夫だよとの返事に、明日こそはと麻莉香は書いた。翼にしっかり意見する。何を言われても、どう思われてもかまわない。クラブ遊びはやめさせる。ああいった場所が高校生の女の子にとってどれほど危険なのか、身をもって知ったのだ。見て見ぬ振りは絶対しない。

強い決意と共に登校したものの、翼とふたりきりになるには呼び出しをかけねばならない。いつにしよう、どこにしようと思案に暮れた。昼休みでは短くて、放課後ではバスケ部の練習がある。考えているとクラスの子が「ねえねえ」と話しかけてきた。

「翼のこと、聞いた？　カノンと一緒にクラブに行ってるんだって。トイレに証拠写真が貼ってあったらしい」

「それ、誰に聞いたの？」

「A組の子。二階奥のトイレでみつけたんだって。貼ってあったのはそこだけじゃないみたい。誰がやったんだろうね」

講堂裏の、ほとんど人の使わないトイレではない。写真を撮った人物が新たな暴露《ばくろ》に出たようだ。気のせいか教室はいつも以上にざわついていた。すでに噂が広がっているのかもしれない。野村さんに目をやると、彼女のそばにも彼女の友だちがへばりついていた。ぎょっとした顔が隙間から見える。

授業の前に野村さんから「恐れていたことが起きたね」とLINEが来た。麻莉香は「うん」とだけ返し、翼には「話がある」と送った。しばらくして既読になったのち、「写真のことかな」とコメントが表示される。「心配している」と入力する。「今、パーシー・パムスというDJが来日していて、どうしても彼のサウンドを体感してみたかったんだ」

と返ってきた。

ただの夜遊びではないらしい。ちゃんと目的があって、やむにやまれぬ衝動があり（おそらく）、クラブに出かけざるをえなかったのだ。麻莉香は昼休みになるやいなや、となりの教室に飛びこんだ。幸いにしてカノンの姿はなかった。いたらややこしくなりそうで、助かったと思う。

翼は窓際の一番後ろの席に座り、頬杖を突いて窓に視線を向けていた。歩み寄る気配に気づいたのか、頭が動く。目が合って翼は「ああ」と小さな声を上げた。少し痩せただろうか。頬の膨らみが削《そ》げ、伸びた前髪のせいか物憂げな雰囲気をまとっている。根っからの体育会系という快活で伸びやかな印象は薄れ、ひどく大人びて見える。

「何やってるの、ぜんぜんらしくない」

「そう言わないでよ。らしいもらしくないもないんだから」

翼の口調はいつも通りで少し安心した。率直な話ができそうだ。これまでの付き合いがえぐり取られたり、黒インクで塗りつぶされていたりはないらしい。

「写真が撮られていたのは知ってたんでしょ？」

声をひそめて言う。

「うん。まあね」

「ここだと話しづらい。場所を変えよう」

前屈みになって囁《ささや》くように言ったところで、背後から強い靴音が聞こえた。

「あんた、何やってるの」

振り向くと、肩をそびやかしたカノンが目を吊り上げていた。走ってきたらしくハアハアと息をついている。ただでさえきつい顔だちをしているので、野生の狼《おおかみ》が牙を剝いたような迫力だ。

麻莉香は後ずさりしかけて踏みとどまる。

「私は、翼に用があってきたのよ」

真正面から言い返す。

「卑怯者」

「は？」

「あの写真、撮ったのはあんたでしょ」

今日という今日は負けまい、という強い決意のもと臨んでいるのに意表を突かれる。

「とぼけたって無駄よ。ちゃんとわかっているんだから」

「な、何を……」

「昨日の夜、どこにいた」

麻莉香の脳裏に暗く怪しげな路地裏が蘇る。

「渋谷のＲＩＺＵＲＯよね。その近くで会った子が教えてくれたの」

あの、三人組か。誰かがよけいなことをカノンに言ったらしい。

麻莉香は首をひねってあたりを見まわしたが、今は翼のクラスの子たちが好奇心たっぷりに取り巻いているだけだ。

「あたしと翼の写真をまた撮ろうとしたの？　残念でした。昨日は行ってない。軽音《けいおん》の子の相談にのってたの。原宿のマックで」

「撮ったのは私じゃない」

「だったらなんでＲＩＺＵＲＯのまわりをうろついていたわけ？」

「それは……」

「どうしてあの店を知っていたのよ。おかしいでしょ」

何をどこから説明すればいいのだろう。ややこしくてしどろもどろになる。それではよけいに疑われると気づいて、さらに焦る。

「写真のことをたまたま知ってしまったの。私はただ、翼のことが心配で」

カノンが「はっ」と大きな声を上げた。

「よしてよ。そういうきれい事は聞きたくない。あたしに翼を取られて口惜しかったんでしょ。頭にきてたんでしょ。正直に言ったらどうよ。その腹いせに盗撮して、校内にばらまいたって」

「してない。私じゃない」

「やると思っていた。いつかきっと何かしでかすって。上品ぶったお嬢さまほど裏で汚いことをするんだよね。今までずっとそうだったからよく知っている」

カノンは初めて見せたダンスパフォーマンス同様、感情を露《あら》わにして燃え上がる。熱くて激しい。強くて鋭い。真っ赤な炎は弾けて輝く。気がついたら自分の内側にも燃え移っていて、ふり払うひまもなく灼《や》かれてしまう。

半年前の春、体育館の客席で目《ま》の当《あ》たりにし、自分は彼女に恐れを抱いたし同時になんて美しいとも思った。敵《かな》わないものを有り余るほど持っている。

「私は写真を撮ってない。盗撮はよくないことだと思う。でもそれとクラブ遊びは別問題よ。あそこのイベントは未成年禁止でしょう?」

「ほーら、またきれい事。ずいぶん偉そうで、正しいのね、あんたは」

「そういう問題じゃない。何度も言わせないで」

「だから、正義漢ぶった物言いがいやでたまんないんだってば。正しければ何やってもいいの。あんな写真をこそこそ撮るのも、それを使って学校に告げ口するのも、やり方として汚いよ。卑怯だよ。あんたのお父さんと同じだね」

またしても虚を衝《つ》かれる。

お父さん？

今度は後ずさってしまったらしい。カノンがぐいっと一歩、踏み出す。

「あたし、知ってるよ。身内に医療関係者がいるから。あんたのお父さんは善人面《づら》して勤務先の病院も同僚の医者も売ったんだよね。いまどきは病院経営だって苦しくて大変なんだよ。勤務医は少ない人数の中で必死に頑張っている。それなのに、あれが悪い、これが悪いと騒ぎ立て、仲間を窮地に陥れた。みんな傷ついてぼろぼろだよ。信用はまだ取り戻せてない。わかってる？　何もかも、あんたのお父さんがいいかっこしたからじゃない」

頭に血が上りすぎたからだろうか。耳鳴りが「わーん」としてカノンの言葉は聞き取りにくい。もっとひどい罵詈《ばり》雑言《ぞうごん》があったかもしれない。胸の動悸が速くて苦しい。体がわななく。立っていられただろうか。それともしゃがみ込んでしまっただろうか。

肩先を「ちょっと」と小突かれ、顔を覆っていた手のひらを外した。自分の上履きが遠くに見える。まだ立っていたらしい。

「なんか言ったらどうよ」とカノンに凄《すご》まれ、麻莉香はそろそろと顔を上げた。憮然《ぶぜん》とした面持ちが目と鼻の先だ。言ってやろうとは思う。言わなくてはならない。父を思い切り侮辱《ぶじょく》されたことについて。

でも何があるだろう。

「そうだね」

考えがまとまる前に口からこぼれた。

「お父さんは善人面した裏切り者だよね。正義漢ぶって自分だけいいかっこをしようとした。よく知ってるよ。いっぱい聞かされたから」

でも、と続ける。

「ほんとうはちがう。ぜんぜんちがう。だから私は、銚子に行かなくてはいけなかった。一緒に、銚子に」

「何言ってるの。わかるようにしゃべりな」

わからなくてもいい。目の前の女の子に理解されなくてもしょうがない。わかってもらいたいのはひとつだけだ。

「クラブはやめな。あんたも、そして翼も。校則がどうのこうのじゃない。高校生の女の子が遊びに行くところじゃない。だからダメ。何かあってからでは遅い。もう行かないで」

そこまで言って深呼吸をした。一度、二度、三度。手足の感覚が戻って一歩を踏み出した。立ちはだかるカノンをよけてすれちがうと、いつの間にか多くの生徒が見物していた。顔を伏せてさらに進むときれいに左右に分かれ、道ができた。

廊下に出て自分の教室に向かう。途中、何人かに「麻莉香」と声をかけられた。まっすぐ席に戻り、背もたれに掛けていた鞄を掴んだ。午後の授業は受けられそうにない。そこまで強くはない。もともと、ちっとも強くない。再び廊下に出て、階段を一気に降りた。上履きを履き替え校舎をあとにする。

校門のところで背後から駆け寄ってくる人がいた。野村さんだ。自分と同じように鞄を提げ、靴も履き替えている。

ふたりして慌てず騒がず守衛さんに挨拶した。さらりとすり抜け、追っ手がないことを祈りながら住宅街の路地に入る。思えば昨日から似たようなことをやっている。野村さんも気がついたのだろう。振り向いて誰もいないのをたしかめてから、顔を見合わせ笑ってしまった。

そのおかげで手足の強《こわ》ばりもほどける。やっと呼吸がらくになる。

「ごめんね。さっき、写真を撮ったのは平山さんじゃないと、途中で言おうとしたんだけれど、鳳来さんが急に話を変えて」

野村さんも麻莉香についてとなりのクラスに来ていたらしい。人垣ができていたので気づかなかった。

「ほんとうにびっくりした。盗み撮りの犯人扱いされたのも、お父さんのことも」

歩きながら当時のいきさつをかいつまんで話した。当直医による医療ミスが起き、それは幸い重大な過失にはならなかったが、似たような状況がすでに何度もあった。そこで体質改善を求め、父を含めた数人の医師、看護師、事務員が意見書を病院に提出した。病院側は非を認めず、両者は対立。マスコミが嗅ぎつけスキャンダラスな記事になりかけたが、すんでのところでもみ消され事態は収束した。意見書に名を連ねた人々はちりぢりになった。

いつもの通学路からわざと外れて歩き、目についた小さな公園でベンチに腰かけた。鞄の中でスマホが振動し、誰かからの着信を知らせたが、麻莉香は見なかったことにした。それよりも弁当の包みが目に入り、取り出して自分の膝に置いた。野村さんも同じく自分の弁当を出して「食べよう」と言う。

十月の半ばの穏やかな昼下がりだった。すべり台やブランコが置いてあるくらいの公園を、ときどきベビーカーを押した人が通り過ぎる。杖を突いた老人もやってきて別のベンチに腰かける。柵の向こうの道路を廃品回収の軽トラックがのろのろ走っていく。

麻莉香は母の作ってくれた弁当を少しずつ噛みしめながら食べた。八年前、父の起こした病院内の闘争は専業主婦として完璧に家事をこなしていた母を悩ませ、追い詰め、おそらくとても傷つけた。一時は痩せ細り、脱水症状を起こしかけて救急病院に担ぎ込まれたこともある。そこから立ち直っての弁当なので、むげにはできない。

「おうちのこと、もう少し訊いてもいい？」

ほとんど食べ終わったところで野村さんに話しかけられた。

「うん。私も聞いてもらいたいかも。今まで誰にも話せなかったの」

「さっき、銚子に行かなくてはならなかったって言ってたよね。あれはどういう意味？」

いい質問だ。

「お父さんが改善要求をした病院は大きくて、それなりに権力もあって、勤務医の数人が楯を突いてもびくともしなかった。ひねり潰す感じで異動が命じられたの。それが銚子市内の病院。お父さんは自分の考えを家族に話し、一緒についてきてほしいと言った。でもお母さんはうなずかなかった」

ややこしいことに、母方の祖父は製薬会社の重役であり、病院の院長と旧知の間柄だった。祖父は父の取った行動、病院への直談判を思い留まらせようとしたが父は従わず、祖父は激怒した。

「カノンの言葉を聞いた？　正義漢ぶってるとか、善人面とか、同僚を売ったとか、ああいうのはみんなおじいちゃんが言ってたのと同じ。おばあちゃんも似たようなもの。みんながみんな、お父さんに腹を立ててた。だから私、ちょっとはそうなのかなと思ったんだ」

黙って耳を傾けていた野村さんが、意外そうな顔をする。

「そのとき、小学校三年生だったのよ。転校したくなかった。引っ越したくなかった。だから、お父さんが悪い、銚子に行きたければひとりで行けばいい、家族が残るのは当たり前、っていうおじいちゃんやおばあちゃんの言うことが、正しいと思いたかったの」

野村さんは驚いた顔から困った顔へと変化した。眉の向きでよくわかる。

「お母さんも銚子に行きたがらなかったから、私にとっては都合がよかったんだよね。お父さんだけが仕事のために地方に行く。それは珍しくないでしょ。友だちのお父さんだって単身赴任をしてるもん。病院とケンカしたお父さんが寂しい思いをするのはしょうがないって、考えるようになっていた。でも」

麻莉香は言葉を切って空を仰いだ。薄雲のたなびく空は果てしない高みに広がっている。

「お兄ちゃんは行くと言い出した」

風が吹いて公園を縁取る木々が揺れる。その風が麻莉香たちのもとまで届き、弁当を包むナプキンがひらひら動く。

「平山さんのお兄さんって、いくつちがい？」

「三つ。私が小三だったからお兄ちゃんは六年生。公立小だったんだけど中学受験する予定ですごく頑張ってた。合格判定もいい結果だった」

「それなのに？」

「うん。お母さんは泣いて止め、おじいちゃんたちも大騒ぎで反対し、学校の先生も塾の先生も残念がったんだけど、お父さんについていってしまった」

「どうして」

「お父さんはまちがってないって。正しいことをしたんだと」

言いながらこみ上げるものがあった。兄は恵まれていた東京での暮らしも有名校への進学もきれいさっぱり捨て去り、ついてきてほしいという父の望みに応じた。祖父母たちが父を非難し、悪者扱いするのに迎合《げいごう》しなかった。自分の意志を断固として貫いた。

私ね、と続ける。

「そのときからずっと思っていた。ずっとずっと思っていた。自分はまちがえたんじゃないかって。正しくないことをしたんじゃないかって。一緒に、銚子に行かなきゃいけなかったって。さっきカノンにあんな言い方をされて、どうしようもなくよくわかったの。お父さんは正義漢ぶって病院や仲間を裏切ったのではない。私の方がほんとうにまちがっていた」

野村さんは膝の上に置いた自分の弁当箱を強く摑む。指が少し揺れたほどだ。唇も固く結び、真剣な顔で公園の敷石を見つめる。沈黙がしばらく流れたあとこう言った。

「平山さんは最初からわかっていたでしょ。お父さんのことを理解してた。まちがってはいないよ。引っ越しや転校は、できることならしたくない。それもふつうの感覚だよ。お兄さんは勇気があると思う。お父さんもだね。大病院に正面切って意見を突きつけたんだから。でも、勇気の種類っていろいろあるんじゃない？　発揮する場所も人それぞれで。平山さんの場合は小学校のときではなかったんだよ。さっきだったのかもよ。鳳来さん相手に『やめな』ときっぱり言ったでしょ」

「野村さん……」

「昨日の夜も頑張ったよね」

小首を傾げ野村さんが少し微笑んだので、麻莉香もつられて頰をゆるめた。

「もっとしっかりしていたら、今ごろ毅然《きぜん》として午後の授業を受けていたんだけどな」

「そうだったら私は平山さんの話を聞けなかった。今くらいでちょうどいいよ」

自分もだと麻莉香は思った。野村さんと話ができてよかった。

「ああ、もしかして」

「何？」

「お父さんもそうなのかな。もっと強くてしっかりしてたら、ひとりでさっさと銚子に行ってたよね。でも家族みんな一緒がいいと言い続け、お兄ちゃんが行くと言ったら大喜び。ふたりが暮らし始めたら、こっちにおいでよ、早くおいでよと、私やお母さんを呼ぼうとするの。男ふたりはいつまでたってもあきらめなくて」

だったら行かなきゃいいのにと、どれだけ言いたかったか。母も自分も後ろめたい思いがあったからこそ悩み続けた。けれどあのふたりはもっと単純に、「一緒がいい」と思っていたのかもしれない。寂しいから。一緒の方が楽しそうだから。もしくは、家事がいろいろ面倒だから。

「お兄さんは今、どうしているの？」

「千葉の大学に入って千葉市内でひとり暮らしをしている」

「じゃあ中学も高校も？」

「向こうの公立校。お父さんもすっかり馴染んでて、釣り仲間とあっちこっち出かけてる」

麻莉香の鼻先を潮の香りがかすめた。たまにはと様子を見に銚子まで出かけると、父が市内に借りた一軒家はいろんな人が出入りする。自分の家のように上がり込んでくる。夜は差し入れやら食材を持った人がやって来てにぎやかな夕飯が始まる。麻莉香ともすでに顔馴染みだ。相変わらず別嬪《べっぴん》だね、ママ似だね、かわいいね、早く引っ越しておいでよ、ミス銚子まちがいなし、そんな冗談を言いながらよく食べよく飲む。男だけでなく、おばさんやおばあさんもいて、よくしゃべりよく笑う。

これだけ馴染みがいれば寂しくないだろうと思うのだが、あの家にはいつ来てもいいように麻莉香と母の部屋が用意してある。じっさい夏休みにはしばらく滞在する。いつの頃からか母も泊まりがけで出かけている。

「犬もいるんだ。私の飼いたかったコーギー。名前はティンクっていうの。かわいいんだよ。会いたいな。いつも思っている。自分はもうひとりいて、その自分は小三であの町に引っ越して、潮風で髪をぱさぱさにしながら学校に通うの。キャベツ畑と海のそばで、目をいっぱい開いても見晴らせないほど大きな空の下で暮らしているって」

その方がよかったのかもしれない。言葉には出さず、唇を嚙んだ。のろのろした手つきで弁当箱を鞄にしまう。スマホの画面には母からの着信が表示されていた。勝手に早退してしまったことがもう伝わったのだろうか。学校から連絡があったのか。

その学校は今ごろどうなっているだろう。翼は？　カノンは？　考えたくない。何も想像したくない。視線を上げると建物に囲まれた空はさっきよりも遠くに感じる。そっぽを向いて、冷たい風だけを吹きつけてくる。

「このまま銚子に行きたいな。学校には出たくない」

「平山さん」

横からそっと手が握られた。

「そんなことは言わないで、明日は来てね。私、ひとつ考えがあるんだ」

「考え？」

「うまくいったら教える。だから明日は今まで通り登校して」

野村さんの顔を見ると、まるで企みを秘めているかのように唇の両はじを吊り上げた。目に力を込めてうなずく。なんだろう。訊きたかったが、「うまくいったら」という言葉を思い出す。

いつになく強さを感じる彼女に、麻莉香も首を振った。横ではなく縦に。そして冷たくなった同級生の手をぎゅっと握り返した。


無断で学校を抜け出して下校するのは初めてだった。めったにない大胆な行動に、寄り道というオマケはつきものだろう。最寄り駅に出て電車に乗ると、せっかくだからという気にもなる。授業をサボった分だけ時間もまだ早い。

けれど野村さんは「これからどうする?」という麻莉香の遠回しの誘い文句に、まっすぐ帰ると言い出した。大ごとにならないよう、今日はさっさと帰った方がいいと言うのだ。

「平山さんも銚子に行ったりしないでね」

乗換駅で別れるとき、しっかり釘を刺された。仕方なく駅ビルを少しぶらつき、コンビニにも寄ってうろうろしてから自宅に帰った。母親が待ち構えていて、大変な剣幕で詰め寄られた。すでに気力が萎《な》えていたのでここしばらくの出来事を、肝心のところはぼやかしながらも打ち明けた。

翼のことは母もよく知っているので、隠し撮り写真についてはクラブと言わなくても十分驚いた。昨夜は心配して渋谷まで探しに行った。それが誰かに目撃され、写真を撮ったのが自分だと誤解された。学校でいきなり犯人扱いされ、とてもショックだった。

母親にとっても予想だにしない話だったのだろう。叱りつける気満々で柳眉《りゅうび》を逆立てていたのに、聞き終わったあとはうなだれる麻莉香の肩に手をまわした。かわいそうにと撫でさする。

「そんな誤解をされたら学校にも居づらいわね。でも……」

「大丈夫。昨日の夜も付き合ってくれたクラスの子がね、今日も追いかけて来てくれて、一緒に帰ったの。その子と約束したから明日は学校に行く」

「そう。誰なの？　名前をまだ聞いてないわ」

「野村さん。下の名前はなんだったっけな」

母の手が麻莉香の肩からふっと離れた。一瞬だが、まるで驚いたかのようだ。

「お母さん？」

声をかけても返事はなく、視線は宙を彷徨《さまよ》う。

揺さぶったところでやっと麻莉香の方を向いた。

「どうかしたの？」

「だって、野村さんとはこれまで親しくしていた？」

「ううん。ぜんぜん。でも、そういう子は他にもいるよ」

「そうね。クラスには四十人近く女の子がいるんだったわね。マリちゃんの友だちに野村さんって子はいたっけと、首をひねってしまったの」

「それだけ？」

母は目を細めてうなずいた。けれど違和感は残る。

「野村さんのこと、もしかして知ってるの？」

「さあ。親御さんは保護者会で見かけたことがあるかも。ひとりずつ挨拶をするから。でも話をしたことはないのよ。それよりも今の話、翼ちゃんのお母さんは気づいているのかしら。電話して、訊いてみようか。ここしばらくお会いしてないのよね」

野村さんのことは気になったが、翼のことが持ち出されるとこちらの方が重くて大きな問題だ。どうすればいいかと母娘《おやこ》で話し合いは続いた。向こうの親からは何も言ってこないので、一日は様子を見ようということになる。学校に知られているかどうかもわからない。麻莉香の母にしても穏便な解決を望んでいる。娘の無断下校については、担任の先生に体調不良のためと電話してくれた。


翌日、野村さんや母に言った手前、いつも通りの時間に登校した。状況はすでに変わっていた。昨夜から心配するメッセージをよこしていた手芸部の友だちが、今か今かと麻莉香を待ち受けていた。あっという間に取り囲み、口々に言う。

「濡れ衣は晴れたよ」

「写真を撮ったのはぜんぜん別の人だって」

「もう大丈夫だよ」

どういうことかと尋ねると、バスケ部の三年生が、麻莉香犯人説をきっぱり否定したそうだ。朝練のさいに仲間内に語った言葉が、またたく間に広がったという。

「三年生って、誰？」

「麻莉香はよく知ってるよね。マネージャーの市村先輩。とある人物から証拠写真を受け取ったんだって。誰かは教えられないけど、平山麻莉香ではないと言い切ってくれたの」

写真を預けたのは野村さんだ。どういうことだろう。まさか、野村さんの自作自演だったりして？

心《しん》からぞっとした。麻莉香は鞄を手芸部の子たちに押しつけると駆け出した。

めざすは三年生の教室だ。たしかめずにいられなかった。失礼は百も承知で市村先輩を廊下に呼び出す。話がありますと言うと、必死な形相《ぎょうそう》に恐れをなしたのか非常階段へと連れていかれた。そこから屋上へと上がっていく。屋上への扉は閉まっているので、扉の前の踊り場で先輩と向き合った。

ふだんは気さくで優しくて麻莉香にも笑顔で接してくれる人だ。大学への内部推薦も内定が出ていると聞いた。進路が決まったことでバスケ部の練習にも顔を出し、すっかり伸び伸びとしている。でも今はこれみよがしにため息ばかりつき、不愉快そうに眉間に皺を寄せている。

「なんか用？」

言い方もとげとげしい。

「噂になっている写真のことですけれど」

「あなたではないと、ちゃんと言ってあげたでしょ。まだ何かあるの？」

誰が撮ったのかと訊くつもりだった。口にできず、麻莉香は冷や汗をにじませた。先輩は何に腹を立てているのだろう。どうして自分を睨みつけるのだろう。

「あなたもよけいなことを言わないように。頼みもしないのにＲＩＺＵＲＯのまわりをうろつくなんて。変に首を突っ込むから、犯人扱いされたんでしょ。これに懲りて部外者は部外者らしく引っ込んでなさい」

店の名前がさらりと出てくる。まるでよく知ってるかのようだ。部外者を強調するのも引っかかる。一連の盗撮騒ぎは誰が、なんのために企てたのだろう。

麻莉香がお腹に力を入れて見返すと、先輩は居心地が悪そうに身じろぎした。

「どうして今日は、私が犯人ではないと言ってくれたんですか」

「それは」

憎々《にくにく》しげな舌打ちが聞こえる。

「知らないの？　あなたの疑いを晴らせと、あの、園芸部の冴えない眼鏡が脅すようなマネをしたからじゃない。私はバスケ部のこれからを心から案じているの。夏からこっち、練習に身の入らない翼が気になって、ちょっと調べたらほんとうに信じられないことをしでかしてた。しかもあの、鳳来カノンと一緒だなんて。私が入部を促したとき、鼻で笑った子よ。上級生が声をかけてきたというのに、小馬鹿にしたような顔であっさり蹴った。ふたりとも少しは痛い目に遭うといいんだわ」

　捨て台詞《ぜりふ》を吐いて市村先輩は踵を返した。唖然としたまま麻莉香はしばらく棒立ちになった。バスケ部のこれから？　夏からこっち？　ちょっと調べた？　どういうこと。日陰の寒さに身震いして我に返る。足元がふらつきそうで、手すりを摑みながらゆっくりと、やがて足早に、自分の教室の階まで下りた。


　野村さんと話がしたかったが、昨日の今日で休み時間になるたびに顔見知りがやって来て捕まってしまう。中には渋谷で出会ったクラスメイトもいた。三人組のひとりがよけいなことを言ってしまったと、申し訳なさそうにうなだれた。ごめんねと言われれば、首を横に振るしかない。誤解されるような行動を取ってしまったのはたしかに自分だ。市村先輩の指摘通りに。

　昼休みは手芸部の子に誘われて、部室に弁当を持っていった。三年生を含めて高等部は十二人。中等部は十五人。部員のほぼ全員が揃い、椅子をぎゅうぎゅうに並べての昼食会が始まった。どういう風の吹き回しかと麻莉香は訝しんだが、昨日の騒ぎを聞きつけた部の子たちが、麻莉香を励ますために提案したらしい。今朝になって事態が急変し、「よか

った ね昼食会」になったと微笑む。

だいたいが大人しい子ばかりなので、状況説明の間も恥ずかしそうにもじもじしている。昨日やりあったカノンのような強さ、激しさ、艶やかさは感じられない人たちだけど、一緒に食べるお昼の和やかさは格別だ。部室に置かれた裁縫道具も、箱の中の布類も、作りかけのあみぐるみも、フェルトの動物たちも、ドールハウスも、囲まれていると心《しん》から癒やされる。何物にも代えがたい。

ランチのあとは高校生の淹《い》れてくれたハーブティーを飲み、中学生たちの作ってくれたお菓子を食べた。放課後の部活はまた頑張ろうねと言われた。作品発表会の場である文化祭はもうすぐだ。


午後の休み時間には翼もやってきた。短い十分足らずの時間だったが言葉も交わせた。写真のことが学校にも知られ、親が呼び出しを受けたそうだ。放課後はこってり絞られるという。

翼からは前日にもメッセージを受け取っていた。麻莉香の父の話はまったくの初耳で、もしよかったらちゃんと話が聞きたいとあった。そうだったけなと思う。父の銚子行きが決まった頃はまだ小学生だったので、親しい子にも詳しい事情は話さなかった。

例の写真を撮ったのが麻莉香でないのもわかっていたという。恐がりなので、とても隠し撮りなど無理だろうと。教室ではカノンの思い込みに啞然としてしまい、暴言を止められなかった。謝罪の言葉と共に、カノンにも謝るよう約束させたと書いてある。

そのカノンからの謝罪はまだだが、彼女もクラブ行きが親にバレて叱られたらしい。学校を辞めさせると言われ、今日も授業は欠席。放課後、親に付き添われやって来るとのことだ。

休み時間に会った翼は、イベント参加を望んだのは自分だと肩を落としていた。夏の敗戦以来、バスケへの情熱が薄れたのも理由らしい。誰にも言えず部活動を続けていたけれど、ほんとうは音楽に興味が移っていた。これからのことはあらためてちゃんと考える。未成年不可のイベントは我慢すると言った。

「そうか。あんなに運動神経が良くてかっこいいプレイができるのに、気持ちが変わるってあるんだね」

「もったいないって思うよね」

「でもそれ、同じことを、私もしつこく平山さんに言っちゃった」

放課後の講堂裏、公園を背中に麻莉香と野村さんはフェンスにもたれかかっていた。

視線の先にほとんど使われていないトイレがある。

「市村先輩が怪しいことに、野村さんはいつ気がついたの?」

「平山さんがここまで付き合ってくれたからよ」

隠し撮りの写真が見つかった日、話を聞き出した麻莉香は野村さんに言われて半ば渋々、現場を見に来た。

「私は気軽にこの場所に来ていたし、トイレも使っていたから、みんなにとってもそうだと思っていた。特別な場所とはあんまり思わなかったの」

「それ、言われてこっちが驚くよ」

「サザンカもね」

野村さんはくすくす笑う。

「サザンカはメジャーな植物じゃないのよね。椿によく似てるし。でも市村先輩は『入り口にサザンカが茂っているトイレ』と言った」

「札が掛かってたでしょ。木の名前を書いた手作りの札」

「そう。でもあれ、私が掛けたのはほんの数日前だった。札がなければ名前はわからなかったのかもしれない。もしそうなら、市村先輩は数日以内にここに来たってことになる」

野村さんがトイレの個室で写真をみつけ、知り合いの三年生に相談したという流れだったが、逆も考えられる。相談を持ちかけてくるであろう人物をピックアップし、そのひとりだけが発見する場所に写真を貼る、という流れだ。

「どうしてそんなにまどろっこしいことを」

「自分は安全な場所にいたかったんじゃないの？　私に相談されて写真を預かる。そうすれば仁科さんに逆恨みされることなく、注意なり忠告なりができるでしょ」

反省の弁が聞かれなければ他の三年生に秘密がバラせる。相談という名目で。

「きつく意見したのに仁科さんは大人しくなるどころか、その夜も外出してしまった。腹を立てて翌朝、校内のトイレに写真を貼ったんだと思う」

「先輩は翼をかわいがっていたんだけどな。かわいさあまって、というやつかな。カノンについては、ただの悪感情ではなかったみたいだし」

「バスケ部に入るよう勧誘したのに断られたんだっけ。相当カチンと来たんだね。私にも今日になって教えてくれる子がいたの。クラブのイベント参加は鳳来さんがまわりの子にしゃべってたらしい。それを市村先輩にリークした子がいたのね。先輩はばっちり張り込んだんだと思う。誰かを使って、内部の写真もゲットしたのかもしれない」

「重たい。粘《ねば》っこい」

結局は大ごとになり、学校にも知られてしまった。どういう処罰がくだるのだろうか。

できるだけ穏便でありますようにと、足元の草むらを見ながら麻莉香は思う。

「平山さんもとばっちりだったね。疑いが晴れたからよかったけど」

「ああそれ、野村さんのおかげだ。いったいどういう手を使ったの？　うまくいったら教えてくれると言ったでしょ」

野村さんは肩をすくめて眼鏡の奥の目を輝かせた。

「それも平山さんがヒントをくれたんだよ。写真を貼ったときのセロテープは保管してある。指紋を調べたら誰が写真を撮ったのかもわかる。学校に提出するかもしれないと、はったりをかけたの」

「先輩に？」

「うん。そしたらテープは自分が預かる。出しなさいとしつこくて」

「どうしたの？」

野村さんは「渡したよ」とあっさり答えた。

「ただしそのときに条件を付けた。平山さんが濡れ衣を着せられて困っている。疑いを晴らしてほしいって」

脅されたと言っていたのはそれか。

「先輩、ちゃんと聞いてくれたんだね」

「まあね。万が一、反故《ほご》にされたら、渡したテープはダミーと言うつもりだった」

「え？　本物を渡してないの？」

野村さんは「さあ」と煙《けむ》に巻く。見かけによらず、かなりのしっかり者らしい。

「すごいなあ。おかげで助かった。ありがとう」

「昨日、おうちのことを聞かせてくれたでしょ。いろいろ考えさせられることがあったの。私の方こそ、ありがとう」

言われて、母親の妙な反応を思い出す。名前を聞くなり驚いたのだ。

「野村さんのおうちはどう？　家族に医療関係者がいたりする？　カノンもそんなことを言ってたっけ」

「鳳来さんは噂話を聞きかじったくらいだと思うよ」

「野村さんは？」

「うちは、お父さんが内科医なの」

予想はしていた。なんとはなしの、ぼんやりとした思いつき。

「内科医で、八年前は東新《とうしん》病院に勤めていた」

麻莉香の父と同じ病院だ。視線をとなりの横顔へと向けると、野村さんは微動だにせず講堂の屋根を見つめていた。

「お父さんは自分の当直の日に抜け出して、経験の浅い研修医だけにした。そこに急患が運び込まれ、もう少しで重大な医療事故を起こすところだった。それが引き金となり、同僚の医師や看護師の中から病院の体制を変えるよう意見書が提出された。私はぜんぜん知らなかったの。ふつうに近所の区立小学校に通っていた」

「いつ、誰に聞いたの?」

「それから三年後、中学受験をするときに、七つ上のお姉ちゃんから聞いた。私の志望校に、意見書を出した医者の娘がいるって」

思ってもみない話だった。野村さんはほんとうにずっと前から自分を知っていたのだ。

「受かってしまったから入学したけど、初めはすごくドキドキしていた。悪いことをしたのはお父さんで、正義感に燃える医師に告発され、もう少しで失職するところだった。実際はしてないよ。私が知らなかったくらい、我が家は何事もなかったようにそれまで通りなの。お父さんは今から三年前に転職して別の病院に勤めているけど、そこも都内だし。お姉ちゃんはイギリスに留学して、帰ってきてからものんびり。間にいるお兄ちゃんは私立の医学部に入った。なんにも変わってないの。それもこれも意見書を出した人たちが勝手に大騒ぎしただけだとお姉ちゃんは言ってた。でもさ、もとはと言えば、やっぱりお父さんが悪いんだよね。当直を抜け出したのは事実だもん。それも、お姉ちゃんの話によれば浮気相手のところに行ってたんだって。初めてじゃないんだって。ひどいよね。信じられない。だから私、入学してしばらくはドキドキしていた。正しくてきちんとした医者の娘ってどういう人だろうって」

「え？」

「そうしたら平山さんは、ふわふわとしたかわいらしい女の子だった」

やっぱり。期待に応えられず申し訳ない。

「悪いことをしたうちのお父さんは残り、正しいことをした人は遠くに行かされた。そういう理不尽に奥歯を嚙みしめている女の子を想像してたら、私の家と同じにまるで何事もなかったみたい。なーんだと正直、拍子抜けしたの。だから昨日の話を聞いて驚いた。ずっと気に病んでいたなんて。平山家では何も終わってないんだね。八年前の出来事以来、家族はばらばらなんだね」

「野村さんの家はほんとうに何も変わっていないの？」

少し考えてから、野村さんは苦笑いを浮かべた。

「お父さん、少しは真面目になったかもね。浮気をやめたかどうかは怪しいけど、当直はサボらなくなったみたい。真面目にちゃんとやっている、というのをアピールするために真面目にやって、それが身についたんじゃないかな」

麻莉香は野村さんの腕を横から摑んだ。

「今の話、ここ数年の中で一番嬉しい。うちのお父さんがしたこと、無駄じゃなかったんだね。野村さんのお父さんに限らずだよ。医療ミスを防ぐために、ミスを犯さない現場を作らなくてはならない。そう、はっきり声に出したことで、変わった人や仕組みがあったのかもしれない。じっさいに防げたミスがあったのかもしれない。だったら異動になってもいいんだよ。うちの家族がぐるぐる悩んじゃってもいいんだよ。患者さんの命が一番だいじだから」

「平山さん」

うわずった声で野村さんが言う。

「平山さん、ちゃんと医者の娘なんだね」

「ううん。お父さんが言ってたの。八年前に言われたことの意味が、やっとわかった気がする」

正しいのは、命を守るために最善を尽くすということ。それ以外は思い悩んでもいい。誰もが簡単には白黒つけられない心を抱えている。父も兄も、母も自分も。そして翼も、カノンも、市村先輩も。

「私、平山さんのお父さんに会ってみたくなった」

「一緒に、銚子に行こう」

八年前に言われた言葉を口にする。いいところだよ。海鮮丼を食べよう。醤油のソフトクリームも食べよう。犬吠埼まで犬の散歩に出かけよう。

今ならうなずける。父の言葉に、兄の言葉に。後ろめたさはなく、ちゃんと笑顔で。

野村さんにはティンクの他にもう一匹、兄の友だちが飼っている犬も紹介しよう。翼やカノンにもいつか声をかけ、一緒にしおさい号に乗って銚子に行けるだろうか。ふたりの好きな音楽をちゃんと聴いてみよう。

二匹の犬と眺める青い海に、色とりどりの音符が弾んでいるような気がした。

ひとつ空の下

いいからとにかく来て。

このひと言に逆らえず、ぼくは千葉駅前から羽田《はねだ》空港行きのリムジンバスに乗り込んだ。昨夜は就職した先輩を交えての飲み会で、一次会、二次会のあと潜り込んだカラオケでいつの間にか眠りこけていた。揺り起こされて表に出て、最後まで残った数人とファミレスに入り、コーヒーを飲んでいるとＬＩＮＥが入ったのだ。

「誰から？」

「妹」

ぼくと同じように、寝ぼけ眼《まなこ》でコーヒーやジュースをすすっていた連中が顔つきを変えた。

「あの美人の妹か」

「来るの？　なあ、こっち来るの？　どうしよう俺、こんなかっこだ」

「速攻《そっこう》、シャワーと着替えだな。ひげ剃りもしなきゃ。よっしゃ、目が覚めた」

あわてて「来ない」と言い返し、ブーイングを浴びながらスマホの画面を眺めていると、新しいメッセージが入った。「既読になったね」と、薄ら笑いが聞こえてくるようなコメントだ。続いて、だいじな相談があるから絶対来てと念押しが続いた。

妹の麻莉香《まりか》は高校卒業後、札幌にある医大に進学した。札幌というのも意表を突かれたが、そもそもなぜ医学部なのか。いったいいつ志《こころざ》したのか。初めて聞かされたのは妹が高三のときだった。理由を尋ねると、縫い物が得意だから外科医は向いているのではと言われ、開いた口がふさがらなかった。まんざら冗談でもなさそうなのが恐ろしい。

模試ではさんざんE判定を叩き出していたのに、本番ではどんな奇跡が働いたのか、志望校に合格した。そんなに勉強ができたのか、というのが身内ならではの素朴な感想だ。父親も医者じゃないかと端《はた》からは言われそうだが、妹はきらきらふわふわしたものが大好きで、蜂蜜を舐めるクマがあしらわれた手帳やボールペンを愛用し、大小さまざまなぬいぐるみをベッドサイドに並べているようなやつだ。未だに物事を選ぶ基準は、「かわいい～」か、そうでないか。あいつに死体の解剖ができるとはとうてい思えない。

急な呼び出しを見て、真っ先によぎるのも医学への挫折だった。相談を受けたら「やっぱりね」というひと言だけは口にすまいと心に誓う。兄としてのせめてもの思いやりだ。

「なあ、麻莉香ちゃんの注射なら、いつでも受けるよ。練習台にもなるからさ。そこんとこうまく伝えて」

「つか、千葉の大学に編入してほしい。なんで北海道なんだよ」

「雪祭りに行こうかな。一緒に雪像を見たい」

酒臭いだみ声を右から左に聞き流し、ぼくはそれこそシャワーや着替えのために、ひとり暮らしのアパートに戻った。

千葉駅から羽田空港まではバスで小一時間。昼前にたどり着くと、十月第三週の日曜日は利用客でごった返していた。国内線の搭乗《とうじょう》カウンターがずらりと並ぶだだっ広いフロアに、大荷物を抱えた家族連れが行き交う。個人客もいれば制服姿の学生客もいる。それらをよけて歩き、指定された柱番号に近付くと腰を浮かす人がいた。

妹だ。ジーンズにスニーカーというラフなかっこうで、片手を左右に振った。挨拶もそこそこに話しかける。

「何時の飛行機？」

「二時間後だから大丈夫」

大きな荷物はすでに預けたようで、小ぶりのショルダーバッグひとつで前に立ち、歩き出す。きびきびした動作からすると前途を悲観しているわけでもなさそうな。スタバに空席をみつけ、すかさず手帳やミニタオルを置いてキープした。注文するために列に並んでいると、妹は飲み物とケーキを頼んだあと、一向に財布を出す気配がない。

「もしかして、おれが払うの？」
「よろしく。ごちそうさま」
そのために店に入らず、ベンチで待っていたのだと遅ればせながら気づく。
「うそだろ。誰とでもワリカンなのに」
「付き合っている相手でも？」
「学生なんだ。当たり前だろ」
「私は妹だもん。友だちでも彼女でもないもん」
わけのわからない理屈を押しつけられ、気がつけば夕飯代よりも高い金額を支払ってい
た。財布の残りは千円札が一枚だけ。帰りのバス代はＳｕｉｃａのチャージでなんとかな
るだろうか。
「今回はおばあちゃんの見舞いのために帰ってきたんだろ。どうだった？」
席に着き、気を取り直して話しかけた。妹はケーキを美味《おい》しそうに頬張る。ぼくは一番
安いホットコーヒーをすする。スタバの食べ物は高いからいつもは食べられなくてと言う
ところからすると、妹も切り詰めた生活をしているのだろう。伸びっぱなしの髪の毛をふ
たつに結び、化粧っ気もほとんどない。身につけているＴシャツも量販店のものだと一目
でわかる。母はともかく、祖母は妹を見て嘆いたのではないか。

「元気だったよ。来週、手術をするんだから元気っていうのはおかしいけど。会いたかったわ、早く帰ってらっしゃい、どうしてそんなみすぼらしいかっこうをしているのって、次から次によくしゃべるの」

ありありと想像できる。

「マリちゃんがお医者さんになることはないわ。おばあちゃんがいくらでもお医者さんのお相手なら探してあげるのに、とも言ってた」

「父さんみたいな？」

「まさか。都会の大病院が似合うばりばりのエリート医師でしょ」

祖父は孫娘の医学部合格がまんざらでもなかったようで上機嫌だったが、祖母は口数少なく不満げだった。女の子の仕事ではないと思っているのだろう。

「札幌に行くのも反対だったしな。でもあそこなら十分、都会だろ」

「ちがうよ。地方だよ、地方。気候だってぜんぜんちがう。夏はあっという間で、冬は半年間も続くの。一日中マイナスの日だってある。降りつもった雪がみんな溶けてなくなるのはゴールデンウィーク明けなんだよ。千葉はその点、温暖だもんね。東京にだってすごく近い」

妹はなぜか札幌と千葉でローカル度を競い合う。札幌の大学に受かったときも、千葉より遠いと大いばりだった。

「それで、話ってなんだよ。おばあちゃんが元気ならよかったじゃないか」

祖母は胃に腫瘍《しゅよう》が見つかったとのことで手術になったが、悪性ではないとの診断をもらっている。内視鏡を使った、体に負担の少ない手術をするらしい。本人は大騒ぎで、絶好の口実とばかりに孫娘を呼び寄せた。飛行機代はもちろん、小遣いも相当もらったにちがいない。

「話ねえ」

とたんにトーンダウンし、ため息をついてからフォークで刺したケーキを口に入れる。

「その前にね、お母さんの様子がちょっとおかしかったの。金曜日に私が白金の家に着いたとき、モトおばさんと電話でしゃべっていたんだ。何かを相談しているみたいだった。思い切ろうと考えているときに病気を聞かされて、それどころじゃなくなったけど、幸い大したことがないようだからやっぱりって」

「は？」

モトおばさんというのは母の友だちだ。ぼくも一度だけ会ったことがある。母に連れ出され、そのときはすでに高校生だったので渋々だったが買い物に行き、途中で立ち寄った店で紹介された。照明器具のショールームだったので、顔見知りの店員さんかと思ったら、学生時代の友だちだと言われた。

どこにでもいるようなふつうのおばさんだった。顔はろくに覚えていないが、母がくったくのない笑みをのぞかせていたのは今でも記憶に残っている。折り目正しくきちんとしたいつものよそいき顔よりも、砕けた物言いで表情も生き生きとしていた。

モトおばさんはぼくを見て「華奈《かな》にも似てるけど、旦那さんにも似てるわね」と言い、母は「そうかしら」と機嫌良く肩をすくめた。

おばさんはさらに学校や、その頃の住まいである銚子について、ぼくに話しかけた。「どんな高校？」「お寿司はよく食べるの？」、そんな他愛もない問いかけだ。思いつくまま適当に答えていると、傍らで母はにこにこ微笑んでいた。それもけっこう意外だった。父のことも銚子のことも母にとっては好ましくない話題であり、意図的に避けているのをいつも感じていたから。

あの頃から少し、母は変わった気がする。ときどきふらりと銚子にやって来ては山のように肉や野菜を買い込み、作り置きの料理を作った。愛想はあまり良くなかったので、しょっちゅう出入りしている近所の人たちは扱いに悩んだようだが、野菜のナムルや味噌漬け肉、南蛮漬けなどは美味しい美味しいと喜び、母に作り方を訊いた。そうなると悪い気はしないようで、母はおかずだけでなくお菓子まで教えていた。

その後、ぼくは千葉市内にある大学に入ったので銚子から離れてしまい、どうなったのかはよくわからないけれど。

「モトおばさんに、何を相談してるんだ？　もっとわかるように話せよ」

「私にもわからないの。あとから聞いたんだけど、別にってはぐらかされて。でも電話では他にも、自分自身のことだし、どうせ今はひとり暮らしだから、もっと早くにそうすべきだったと、しゃべっていたよ。お母さん、何かの決断をするんじゃないかな。その何かってなんだと思う？」

「急に言われても」

「ここしばらく、インテリアショップの仕事もやけに一生懸命だったんだ。ふらりとひとり旅に出かけたり、語学スクールに通ったりと、アクティブと言えばアクティブだったんだよね。それがいいことなのか、そうでないのか、私には判断できなくて。お兄ちゃん、どうして東京の大学にしなかったのかな。お母さん、寂しそうだったよ。高校が銚子だったときもがっかりしてたけど、だいぶ持ち直して『しょうがない』って言ってたの。でも大学こそは期待してたと思うんだ。どうしてまた千葉なの。戻って来たっていいじゃない」

「たまたま行きたい学部があったんだよ。それはちゃんと話をして納得してもらった」

妹は口を尖らせ眉間をひくつかせ、不満たっぷりのブータレ顔になる。これを見たら誰も美少女とは言わないだろう。ふつうに不細工。

「お兄ちゃんが東京の大学にしていれば、お母さん今、ひとり暮らしじゃなかったでしょ。もしくは白金から通えばよかったんだよ」

「その台詞、そっくり返す。おまえこそなんで北海道なんだ。白金からの通学圏に医学部はいろいろあるだろ」

今度は一転、べそを掻きそうな顔をする。言いたい放題のくせに痛いところを突かれると弱者ぶるのはやめてほしい。

「私だってよく話したもん」

「へえ。どうしてわざわざ北海道？　おれ、聞いてない」

「お兄ちゃんのせいだよ。お兄ちゃんがみんなの反対を振り切って、銚子になんか行くからだよ」

大きな声を出すので、あわてて落ち着くよう手を動かした。まあまあと宥《なだ》めて、ぼくはぬるくなったコーヒーを一口、二口流し込む。人の出入りが激しい上に搭乗案内のアナウンスがかかり、ただでさえ気ぜわしい。ゆっくり耳を傾けるような雰囲気ではないのに、話題があっちこっちに飛んでついていくだけで一苦労だ。

そこからはなぜか妹の複雑な胸の内とやらを聞かされる。十年前に銚子に行かなかったことを思い悩み続け、長い間引きずっていたそうだ。高校二年の秋にやっと吹っ切れることがあり、そこから漠然と卒業後は家を出ることを考えていた。

「高二で友だちになった子のおじいちゃんおばあちゃんの家が函館《はこだて》にあってね、最初はなんとなくくっついていったの。冬休みにホワイトクリスマスが見てみたい、って我が儘言って。函館から足を延ばして、札幌にも連れていってもらったのよね。そしたら初めて目にしたあの町が、トンネルの先にある雪国みたいに特別なものに思えた。函館もすごくよかったけれど、札幌はまたちがうの。何もかものびのびしてて新鮮で、ああ、ここで暮らしたい、ここならやっていけそうって思った」

「ふーん」

それは羨ましい。小学六年生の秋、父親の車に乗せられたどり着いた銚子の町は、ぼくの目にはさびれた田舎町としか映らなかった。引っ越し先のアパートは市街地から離れた漁村にあったので、白金のマンションに比べてカルチャーショックも大きかった。最初の夜など畳の上に敷いた布団が薄く、背中も腰も痛くて眠れなかった。

「あ、そうそう、すっかり話がそれちゃったみたいだけど、ほんとうはそれてないんだよ。私の札幌行きについては、ノブ伯父さんも驚いたの。というか、露骨に変な顔をしたんだよね。どうして、よりにもよって札幌なんだ、って」

母の兄に当たる伸孝《のぶたか》伯父さんのことだ。

「よりにもよって？」

「うん。今年の春ね、入学のお祝いをもらったから、お礼を言いに行ったのよ。そしたら眉を寄せて、お母さんから何か聞いてないかって。そのときふとお母さんも、私の第一志望が札幌の大学とわかったとき、なんでどうしてと顔をしかめていたのを思い出した。高校卒業後、地方に行ってみたいと話したときは反対しなかったのに。ねえお兄ちゃん、『札幌』で思い当たることってある？」

なかったので首を横に振った。妹はひとつ息をついてから続ける。

「伯父さんはそれきり何も話してくれなかった。でも私、ずっと気になっていたんだよね。ほら、よく言うでしょ。小骨が喉に引っかかってる感じ。この前の金曜日にお母さんの電話を聞いて、小骨がちょっと太くなった。もしかしておばあちゃんなら何か知ってるかも。そう思って、上手に聞き出せないかなあと考えていたら、病院に入ってすぐの廊下で博和《ひろかず》くんにばったり会ったの」

伯父のところの長男だ。ぼくより五つ年下なので妹からするとふたつ下。某大学の附属高校、二年生だ。

「伯父さんが変な顔をしたときね、そばに博和くんもいてやりとりを聞いていたんだ。それを思い出して、病院の中庭まで引っぱっていった。『よりにもよって札幌』の意味、君は知ってるんじゃないのって」

年上の従姉《いとこ》に首根っこを摑まれ、おっかない顔で問い詰められ、さぞかし恐かっただろう。生意気でかわいげのない坊主なので、同情よりも「ぷっ」と笑いたくなる。

「で、博和くんはなんて？」

「言いにくい話だからどうのこうのって、じらすのよね。いいから言いなさいと睨んだら、今度は開き直って、マリちゃんほんとうに知らないのって鼻で笑うの。どうしてあんなに憎ったらしいんだろ。親の顔が見たいわ」

「彼は知ってるんだね」

妹はうなずき、しばらくもぞもぞした後、口元に手をあてがい身を乗り出した。

「女だって」

「は？」

「だから、その、浮気相手ってことでしょ。札幌に暮らしているらしい。私、ぜんぜんそんなの知らなかった」

「ちょっと待て。誰の女だよ」

「伯父さんのかと思った。伯父さんなら、ちょっといそうな気がして。疑って申し訳ないけどね。こっちの考えがわかったみたいで、博和くんから『うちのじゃないよ』って言われた。冷静に考えればそうよね、伯父さんが自分のことを言うわけないもの」

「だったら、誰？」

重ねて問いかけると、妹の眉間の皺がどんどん深くなる。

「博和くん、さあねって私の手を振り切った。教えてくれなかったの。お兄ちゃん、まさかうちのお父さんじゃないよね」

ぼくはゆっくりと頭を横に振った。我が父が、身にやましいところのひとつもない清廉潔白な人間かどうかは即答できない。すべてを知っているわけではない。ただ銚子に引っ越し、男ふたりで顔をつきあわせて暮らすこと六年半、女性の影がちらつくことはなかった。そういう方面で器用でもなければマメでもない人なのだ。

正直言って、父に気のある女性なら数人、浮かばないでもない。かいがいしく世話をしたがる人はいた。病院にも親しくしている仕事仲間がいるようだ。でも父は気の置けない人たちとわいわいご飯を食べたり、釣りに出かけたりするのが好きで、休日はほとんどそれに費やされる。母をはじめ、ぼくや妹がいつ行ってもかまわないよう家の鍵を渡してもいる。じっさいいつもアポなしで押しかけている。繊細な秘密があるとは思えない。

ぼくの反応に、妹は肩の力を抜いて「よかった」とつぶやくが、ぼくは苦々しい思いで唇を噛む。伯父でもなく、父でもなく、博和がわざとらしく言葉を濁す相手。それはもう、ひとりしかいない。

あの人なら、「浮気は男の甲斐性《かいしょう》」くらい言うだろう。秘密もよく似合う。男としての色気もありそうだ。

「お父さんが銚子に行ってからもう十年になるでしょ。別居もそれだけ長くなってる。大学の友だちにちょっと話したら、どちらにも付き合ってる人がいてもおかしくないって言われたの。別居の理由が価値観のちがいならなおのこと、時間と共に気持ちはどんどん離れていくだろうって。うちの親はケンカもしないし、仲良さそうにしてるときもあるよね。それも言ったんだけど、よけいに怪しいって。歩み寄る気がないから、互いに寛容になれて、外側からは平和そうに見えるんだって」

「すごいな、その友だち。何者だ?」

「自分の親も、お兄さん夫婦も離婚しちゃったんだって。自分は結婚しないと言ってた。私より十歳くらい年上なの。社会に出て働きながら医学部を受けてこの春、入学してきたんだ。年は離れているけど同級生よ」

いろんなのがいるらしい。「へぇ」とだけ相槌を打った。

「今の話からすると、お父さんへの浮気疑惑が晴れたところで、お母さんの決断が離婚ではないとは限らないんだ」

「軽々しく禁句を言わないで」

「今さら」

「お兄ちゃん、デリカシーないよ。私はそうなってほしくない。お兄ちゃんもでしょ」

正面から同意を求められ、返事をするより先にマグカップを手に取った。冷めた陶器の縁《ふち》に唇を押し当てる。

妹の気持ちはわかる。自分にしても親の離婚は嬉しくない。楽しくない。できれば避けてほしい。このままの、どっちつかずの曖昧でぬるい関係でいいじゃないかと思っている。少なくとも家庭環境に波瀾万丈など望まない。

そうなのだけれど、妹のように素直に離婚反対を唱えられない自分もいる。妹の友だちの言葉ではないが、別居の理由は価値観の相違だろう。十年経って歩み寄りはあるのだろうか。母の言動を見ている限り、父の銚子転勤については相変わらず頑《かたく》なだ。受け容《い》れているようには見えない。白金の住まいに固執《こしつ》し、自分も身綺麗にし、華やかな都会の女性であり続ける。

ぼくには母のこだわりのすべてが、くそつまらないものに思えるときがある。

それから妹は病室での祖母との会話を話した。博和と話し、男の浮気について考えざるを得ないときだったので、おばあちゃんはどんな気持ちでおじいちゃんと結婚したの？というところから始まり、お母さんはどうしてお父さんを選んだのかなと、思わず首をひねったそうだ。

祖母にとっては不満の多々ある婿だ。すかさず冷ややかな棘《とげ》を仕込んで語るのが常だが、病室という非日常の空間にいたせいか、いつもとはちがうことを口にした。

「あなたのお母さんはおじいちゃんに、それはそれはかわいがられて育ったの。尊敬もしていたし、理想の男性のようにも思っていたんじゃないかしら。でも結婚相手に選んだのは正反対の人だったわ」

妹はうなずきつつも「どうして？」と尋ねた。

「年頃になるとね、変わったことをしたくなるものなのよ。おかげで築いた家庭もまったくちがうものになったわ」

「ちがうならちがうで、もっと変わってしまえばよかったのに。東京に執着せず、どこでも自由に身軽に行ってしまえばよかったのよ。住めば都って言葉があるでしょ？」

「あらマリちゃん、ずいぶんしっかりしたことを言うようになったのね」

祖母はすかさず「おほほ」とジャブをかましたようだ。

「あなたが自分の道を選べる年になるまで、いい環境のところで一緒に暮らしてくれたのよ。そこは感謝してもいいんじゃないかしら」

妹の生意気も年の功には勝てない。あっという間に返り討ちだ。

「あなたは行きたいところに行く。あなたのお母さんは行きたくないところに行かなかった。それだけよ」

ほんとうにそうなのだろうかと、妹は病室で言えなかったことをスタバの座席で口にする。自分も知らない土地には行きたくなかった。でも「行ける自分」だったらよかったのにと思いもした。逞《たくま》しく新天地に羽ばたいていける人が羨ましい。自分の弱さを噛みしめるのはやるせない。お母さんも似たようなものだったのではないかとつぶやいた。

誰が逞しいのだろう。誰が、見知らぬ土地に力強く羽ばたいていったのだろう。

少なくともぼくではない。かつての自分が脳裏をよぎり、後ろ向きな気持ちが膨らむと、頑なな母への嫌悪感が嘘のように薄れる。偉そうなことを言うほど、自分は立派な人間ではないことを思い出すのだろう。苦い思いを噛みしめながら、皮肉にも母を身近に感じる。

妹を見送ったのち、あまりの空腹に堪えかねてコンビニを探しておにぎりを買った。ビル内のベンチで頬張っていると、ＬＩＮＥにメッセージが届いた。

「昨日、マリちゃんに会ったんだけど、何か言っていた？」

なんと、今さっき噂したばかりの博和からだ。ＩＤの交換はしていたが、互いに使ったことはなかった。

「言ってた。博和くんにはぐらかされたって」

「微妙な話だったんだよ。怒ってた？」

もちろん。うなずくだけにして、別のことを書く。

「俺になら話せるかな。そうだったら、これから行くよ。今、羽田空港なんだ。マリを見送ったとこ」

やや間が空いた後、ＯＫが返ってきた。やったね。すぐに彼の自宅である護国寺近くを思い浮かべる。待ち合わせの場所を考えていると、自分は今渋谷なので、品川《しながわ》まで行こうかと言ってきた。羽田からぐっと近くなる。気の利くやつだと思いながらぼくは立ち上がり、京急《けいきゅう》線のホームに急いだ。


博和は目と目の間が離れていて、その両目のはじと唇のはじが吊り上がっているので、見るたびに両生類を思い出す。いらぬ火種を生まないためにも、もちろんよけいなことは言わない。妹とだけはトカゲっぽいと囁きあったことがあるが、あくまでも囁きだ。

博和はふたり兄弟で、四つ下に弟がいる。こちらは小柄で分厚い黒縁眼鏡をかけていて、真っ先に想像するのは猿だが、これまたけっして口にすまい。

羽田から乗った電車が品川駅に着く頃、一足先に来ていた博和からどこの店がいいかと尋ねられ、チェーン店のコーヒーショップを提案した。ちゃんと検索済みだった。ぼくがそこに到着すると、博和は窓辺のカウンター席に腰かけていた。自分の飲み物を買っている。となりの空席もキープしている。よしよし。

こんなふうに外で会うなんて初めてだが、顔を合わせればいつもの雰囲気になれる。年が離れているので一緒に遊んだ経験もなく、小六のときにぼくが銚子に行ってからは法事でたまに会うくらいだったが、物心つく頃から知っている相手だ。お互いの家族関係を熟知している。友だちとはちがう意味で浅からぬ縁があり、これからも付き合いはなんとなく続いていくのだろう。

「悪いね、急に付き合わせて」

「ううん。ぼくも用事が済んだところだったから」

なんの用事かと訊けば雑談の糸口になるだろうが、そういった社交辞令も「まあいいか」という気がする。友だちでもないし、先輩後輩でもない。

「空港でマリに会い、博和くんの話を聞いた直後だったんだよ。そこにメールが来たからさ。本人からもうちょい詳しいことを聞きたいと思って」

「ぼくも気になっていた。マリちゃんには中途半端な言い方しちゃったから」

「ノブ伯父さんが、札幌について何か思うことがあるらしいって話だよね」

女の人だっけ、とそこだけ声をひそめた。博和はうなずく。

「誰のだか、フミくん、わかる？」

「ノブ伯父さんでもなく、うちのとーちゃんでもないだろうから、残るはひとりだな」

博和は返事の代わりにストローでアイスコーヒーをかき回す。ぼくはさらに畳みかけた。

「その女の人、ただの浮気相手かな。大勢のうちのひとりだったら、伯父さんがそんなにも意識するとは思えないし、こうやって博和くんもわざわざおれに会ったりしないだろ」

「フミくん、鋭いね」

驚いたような声と表情を受け、ぼくはいやいやと手を振る。

「そこから先はさっぱりだ。『ただの』ではないとなると、どう特別な人？」

「えーっと。ぼくも本人から直接聞いたわけではないけど」

「そりゃそうだろうよ」

互いに顔を見合わせ、苦笑いを浮かべた。このあたりの呼吸は従兄弟《いとこ》同士ならではだ。

「子どもがいるみたいだ」

「隠し子？」

「うん。もうずっと前の話らしい。だから子どもといっても実際は大人だよ」

祖父母の間にはふたりの子どもがいて、長男がノブ伯父。妹の母が長女になる。ふたりきょうだいのはずだった。もうひとりいるのか。

「認知はされてないから、今後の相続問題に関わることはないんだって。でもそれは今の時点であって、いつなんどきおじいちゃんの気が変わって認知するかもしれない。向こうが親子関係を申し立てて認知を要求するかもしれない。そうなった場合、おじいちゃんの財産の三分の一は隠し子のものになるんだ。うちの親がそういう話をしているのをぼくが聞いちゃって、親もそれに気づいて、この家の長男だから知っといた方がいいかもしれないと教えてくれた」

「そうなんだ。おばあちゃんはどう思ってるんだろ。知ってるんだよな？」

博和は曖昧に首をひねった。

「と思うけど」

「うちの母親は？」

ぼくをちらりと見て、博和は短く息をついた。

「お父さんが言うには、昔、華奈叔母さんに訊かれたんだって。叔母さんがまだ二十歳前後の頃。そのときは、いるわけないと全否定したそうだよ。自分でもはっきりしたことはわかってなかったし、ちがうと思いたい気持ちが強かったから。それっきりその話が出たことはなくて、華奈叔母さんがどこまで知っているのかはわからないらしい」

「ふーん。伯父さんはその後、おじいちゃんに直接訊いたのかな」

「みたいだよ。その相手には十分なことをしたからなんの心配もいらない。おまえがよけいな気を回すことはないと、ほらあれ、えーっと、けんもほろろってやつ？」

「ああ、そんな感じだろうね」

いかにもなあしらい方だ。

「それでさ、お父さんが未だにけっこう気にしてるのは、その隠し子ってのが華奈叔母さんと同じ年の女性らしいんだ」

思わず「うそ」と声が出る。

「でもってお父さんのおばあちゃん、ぼくやフミくんにとっての曽《ひい》おばあさんの遺品の中から、お父さんがみつけた写真ってのがあるんだけど……。見る？」

眉をひそめつつもうなずいた。てっきり紙切れが出てくると思いきや、博和はスマホを操作して画面をぼくに差し出した。みつけた写真をスマホで撮ったらしい。

中高生くらいの制服姿の女の子と、その母親らしい女性が写っていた。ふたりは仲良さそうに寄り添い、微笑んでいる。背後には紫色の小さな花が咲きほこっていた。今年の六月、妹から送られてきた大通《おおどおり》公園の写真にも似たような花が写っていた。たしかライラックと言っていた。

博和の指が動き、画面が切り替わる。写真の裏だろう。手書きの日付が記されている。今から三十二年前だ。母は十六歳だったはず。ぼくは自分の指で画面に触れ、さっきの写真に戻した。女の子の顔の部分を引き伸ばし、知らず知らず止めていた息を吐き出す。

母に似ている気がした。いつか見たことのある、母の若い頃の写真にダブる。妹の麻莉香にも通じるものがある。なんとなくの感覚だけど。

たった今、自分もかなりのショックを受けているのだ。祖父に隠し子がいたという事実は驚き以外にも、失望や不快感をもたらす。これが親だったらどうだろう。ましてその子が自分と同性で、年も同じだったら。

母はその存在に気づいたからこそ、伯父に尋ねた。ちがうと言われても、おいそれとは納得しなかっただろう。妹の話を思い出せば、妹の志望校を聞いたときに顔をしかめていたらしい。住んでいる場所まで知っていたのだと思う。

「教えてもらってよかった。今はそれくらいしか言えないけど」

母は何不自由なく育ったお嬢さまではなかったのかもしれない。祖父にかわいがられて育ち、祖父を理想の男性としていたとは祖母の言葉だが、あながち誇張ではないと思う。ぼくや麻莉香が祖父に褒められると、それがどんなにささやかなことでも嬉しそうだった。特にぼくは初孫で男の子でもあったので、まわりから祖父に似ていると言われると子どものようにはしゃぎ、まんざらでもない顔の祖父に喜んだ。フミくんはおじいちゃまのお気に入りね、自慢の孫なのよと、ぼくを抱き寄せた母をよく覚えている。少し過剰に感じたから。

十年前、ぼくの父が病院と揉めたとき、母は板挟みとなり結局、父の赴任先についていくことはなかった。「おまえはここにいなさい」という祖父の言葉に逆らわず従った。ことは東京だ。

なぜだろうと、ぼくは博和にスマホを返しながら思う。隠し子の存在は、家族にとって重大な裏切り行為ではないのか。祖父に失望しなかったのか。怒りは湧かなかったのか。どうして祖父に反発しなかったのだろう。

ぼくがなぜどうしてを募らせている横で、博和は別のことを言った。

「華奈叔母さん、目に見えない相手のことをどんなふうに意識していたのかな」

「札幌にいる人のこと？」

「うん。おじいちゃんは両方を見てるんだよね。性格とか能力。見て、どっちをかわいいと思っていたんだろう。目を掛けたんだろう。そんなことを考えたことはなかったのかな。あったんじゃないかな。相手が見えるところにいるのもいやだけど、見えないのはもっときついかもしれない」

なんのことなのか、ピンと来なくて眉をひそめた。それをちらりと見て博和は笑う。

「フミくんは自分と誰かを比べて、コンプレックスを持ったことはない？　ぼくはあるよ。たとえばフミくんとかね」

「え？」

「フミくんより有能な人間でありたい。そうでなきゃいけないんだ。ぼくは江藤《えとう》家の息子だ。おじいちゃんにとって直系の孫だよ。一番目を掛けられて当たり前なんだ」

肩をすくめ冗談っぽく言うので、どう反応していいのかわからない。

「おれは……」

なんだろう。コンプレックスの話か。

「博和くんが羨ましい。十年前のあれがなければ、おれだって都会の進学校でしゅっとした高校生をやってたかもしれない。その制服も着られたのかもしれない」

「いいよ、無理して言わなくても。そんなこと考えもしてないくせに」

「考えるよ。いつもうじうじしてる」

「だったら東京の大学に入ればよかったじゃないか」

マリと同じことを。さっき言われたばかりだ。

「学部だよ」

ぼくは今自分がやってることや、やりたいと思ったことを、なるべく丁寧に、相手に伝わるよう言葉を選んで話した。東京のど真ん中で生まれ育ち、そこから千葉県の突端の町に引っ越したのがぼくだ。生活環境はガラリと変わった。風景も食べ物も住んでいる人もちがう。一日は同じ二十四時間なのにペースが異なり、同じ日本語を使っているのに話が嚙み合わない。

驚いたり戸惑ったり引いたり、訝しんだり困ったりはしょっちゅうだった。苛々《いらいら》したこともあるし、うんざりしたこともある。なんてつまらないところに来てしまったのだろう、と思ったのも一度や二度じゃない。でも友だちができて、いろんな話をしたり一緒に駆け回ったりしているうちに、知らない土地への嫌悪感は薄れていった。そうなると異なるペースも嚙み合わない話も笑えるようになる。その土地ならではの良さにも目が行くようになる。

「千葉にいることで、都会と地方と両方について考えられるようになった。どちらにも長所と短所がある。利点と弱点がある。それをもっと掘り下げて考えてみたいし、研究しているところがあるなら入れてほしい。できれば、これから先の町作りに関われるようになりたい。そう思って探したのが今の学部だ」

博和はまじまじとぼくを見返し、不思議そうな顔になる。

「進路をそんなふうにして決めたの？」

「うん」

「ぼくは……」

言いさして唇を噛む。

「親とか、じいちゃんばあちゃんに、認めてもらえるようなところに行きたいよ」

「正直だな」

思わず笑った。本人も決まり悪そうに苦笑いを浮かべる。

「だからフミくんもだけどマリちゃんも大迷惑だ。やめてくれとマジ思った。医学部なんて反則もいいとこだ」

「ほんとに正直だな。博和くんも行きたいところに行けばいいと思うよ。うるさいこと言われたら、千葉に避難してくれれば？　時間はずれているし、初めは話もなかなか噛み合わないけど、東京もんでもやっていけるよ」

「それでいいのかな」

博和はカウンターに両肘を突き、握り拳に顎を載せてつぶやく。ガラス越しに行き交う人々やタクシーの行列を見つめる。ほんとうはそれよりもっと遠くを心に映しているのだろう。

「いいんじゃないの？　おれでも十年間、しぶとく生き延びてきたんだから」

「よく我慢したね。できたね」

自分には無理だと告げられているような気がした。もしも逆の立場だったらぼくも同じことを言っていたかもしれない。想像だけでは測れない。飛び込んでみたら思いの外、溝は深かったり、浅かったり。もっと別の障害があったり、意外な場所に出たり、迷子になって途方に暮れたり、つぶれたり、いつの間にか元に戻っていたり。人によってちがう。状況によって異なる。ひとつだけ言えるとしたら、

「飛び込んだ先で、誰かに出会うし何かをみつけるよ。それは飛び込まなきゃ出会えなかった人であり、物なんだ」

千葉県の、太平洋に突き出した白い灯台のある町で、声をかけてくれた人たちのことを思い浮かべる。

アパートの大家さん、一階に住んでいたおばあちゃん、コンビニのおばさん、寿司屋のおじさん、自転車屋のおじいさん、学校の先生、クラスメイト、その家族や飼っていた犬、

猫。友だちと歩いた通学路。犬を連れて歩いた海岸線。義経伝説。打ち寄せる荒波。丸い水平線。あげていったらきりがない。たくさんの人と出会い、風景を見て、ぼくは進路を決めた。

あのまま東京に住んでいたらぜったいに思いつかない夢を、今は心に持っている。

博和と会った次の週末、ぼくは父に呼ばれ久しぶりに銚子に戻った。かつて住んでいたアパートの大家さんが脳溢血《のういっけつ》で倒れ、しばらく父の勤める病院に入院していた。大事には至らず退院して一時リハビリのできる施設に移ったが、その間、車椅子でも暮らせる家を家族が近場に探して転居を決めた。

冷蔵庫や洗濯機、タンス、布団、重たい物やかさばる物があるので、近くとはいえ引っ越し業者がやってくる。運び出しや搬入は頼めるが、荷造りや荷ほどき、掃除片づけなど、顔見知りは年寄りばかりで心もとないとこぼしたらしい。父が聞きつけ、ぼくに白羽の矢が立った。けっして暇な大学生というわけではないが、お世話になったことを思うと少しくらいは役に立ちたい。

土曜日の朝、千葉駅から電車に乗り二時間弱、ローカルな景色の中をごとごと揺られる。同じ県内といえども千葉県は広い。銚子駅に到着すると、そこから徒歩圏にある一戸建ての借家に立ち寄った。ぼくが中学生のときに移り住んだ。父は当直のためいなかったが、二匹の飼い犬が気づいて大歓迎してくれる。不在がちの父ひとりで犬を飼うのは難しいが、近所に世話好きの人がいて助けてもらっている。

二匹はぼくと一緒に行きたがったが、ごめんごめんとあやまって、悲しげな鳴き声に後ろ髪を引かれつつガレージから車を出した。これもお願いされたことのひとつだ。細ごましたものを運んでほしいので車で来てくれないかと言われていた。

大家さんの家はぼくと父が最初に住んだアパートのすぐ近くにある。電車だと銚子駅から銚子電鉄に乗り、犬吠を経由して九つ目の終着駅外川で降りる。車だとマリーナに向かって南下して犬岩のそばを通って外川までほんの十分。あっという間だ。

その短い間に自分の中のスイッチが押される。初めて外川に来たのはちょうど十年前。小学六年生の秋だった。自らすすんで「行く」と言い出したのに、不安と後悔に押しつぶされそうで、父の運転する車の中から黙ってじっと灰色の海を眺めた。何ひとつ心の躍らない風景が延々と続いていた。離れてきた東京の街並みと別れてきた母や妹が恋しくて、早くも涙がにじみそうだった。

馴染むなんて考えられもしなかった小さな漁村に、ぼくは車を駐めて外に出る。懐かしいアパートがそこにはまだある。あの頃とほとんど変わっていない外観に、十年経ったのが嘘のような気がして思わず自分の両手を見てしまった。ちゃんと大人の手をしている。キーケースを摑んでいるのにホッとする。

父とふたりで初めに住んだ二階の部屋は、今は入居者がいないのか窓ガラスが閉まっていた。あそこから身を乗り出して洗濯物を干し、ときたま雨に降られてびしょびしょに濡らし、わびしい思いにかられたものだ。母のいない生活は一から十まで不自由で、妹がうろちょろしない家の中は陰気に静まりかえっていた。黄ばんだ畳の上に座り、電気もつけずにぼんやり膝を抱えていた自分が、今でもあの部屋の中にいるようだ。

こんなに寂しい思いをさせてと、転居の原因を作った父を恨み、一緒に来てくれなかった母を恨み、今まで通りの学校に通える妹を羨んだ。

よくもまあ逃げ出さなかったと、今では苦笑いが浮かぶ。意地もあっただろうが、それだけではない。寂しい思いをしていたのは自分だけではないと、ほんとうは気づいていたのだと思う。原因を作った父も、来なかった母も、今まで通りの妹も、悩まなかったわけじゃない。一緒に暮らせなくなったことを憂《うれ》えている。三人ともぼくのことを心配した。母から届く食料品や生活雑貨、妹からの手紙や写真、当直を減らして帰ってくる父。ぼくにちゃんと伝わっていた。

「フミくん」

呼ばれて振り向くと、大家さんの娘である喜美子《きみこ》さんが坂道の途中で手を振っていた。うなずいて、駆け出す。

「車、そこに駐めたんですけど、もっとそばに寄せますか？」

「あとでいいわ。ちょっと手伝って。うちの人だけじゃ持ち上げられないものがあるの」

引っ越しが一段落したのは、西の空にたなびく雲がオレンジ色に染まる夕暮れ時だった。喜美子さんや旦那さんからお礼を言われ、野菜やら乾物類やらビールなどをどっさりもらい、引き留める近所の人たちには「また来ます」と笑顔を向けた。例のアパートにも西日が当たっていた。ぼくの視線に気づいた人が「あそこに住んでいたねえ」と懐かしそうに言う。

「ぜんぜん変わってないから、びっくりしました」

「もうどれくらいになる？」

「越してきたのが十年前で、二年くらい住んでたから……」

そばで聞いていたおばあさんが、曲がっていた腰を伸ばして笑う。

「たったの十年。あっという間だあ」

みんな「そうねえ」と口々に言う。

「でもこのお兄ちゃんはまだ小さかったから」

「ひょろっとしてランドセル背負ってたねえ。こんなに大きくなって」

「嫁さんと子どもができたら連れておいでよ」

「あら結婚するの？」

「しませんよ。まだ学生です」

這々《ほうほう》の体《てい》で運転席に乗り込んだ。ハンドルを摑んだまま頭を下げて発進する。にぎやかな見送りを受けて一気に犬岩付近まで車を走らせた。外川に来たのは久しぶりだったので、友だちの家に寄ってみたくもあったが、土曜日の夕方遅くにいきなり押しかけるのは躊躇《ため》われる。それこそ小学生の頃ならやっていたけれど。

路肩に車を駐めて、さっきのアパート同様、代わり映えのしない漁師町を運転席から眺めた。同級生たちとよく集まったのは広い土地を持つ宮本《みやもと》の家で、焚き火を囲んでの焼き芋会はもっとも楽しい想い出だ。サツマイモもカボチャも椎茸もソーセージもおにぎりも、都会では味わえない旨さだった。宮本とは中学卒業後に進路が分かれ、宮本は商業高校に進んだ。今は地元の水産加工会社で働いている。

もうひとり、仲の良かった佐丸《さまる》とは高校まで一緒だった。その後彼は船橋にある専門学校に入り、今年の春、旅行会社に就職した。忙しいらしくぜんぜん会えないが、元気にはしているようだ。

佐丸の就職が決まったとき、千葉から船橋まで出向いてお祝いがてら一杯やった。一軒目に連れていかれたのは寿司屋で、大将の店ほどじゃないが旨いんだよと耳打ちされた。寿司屋の大将と言えばぼくたちにとって銚子市内にある馴染みの店に他ならない。馴染みと言っても常連だったのは父で、ぼくも佐丸も宮本もときどきおこぼれに与《あずか》った。

「ここで使っている魚、銚子港で水揚げされたのが多いんだ」

「へえ。そう言われるとイワシも旨い」

「な。値段もそこそこだから心配するな。心置きなく奢《おご》ってくれ」

なんだそれと顔をしかめながら、お祝いだもんなと一軒目だけご馳走することにした。

「春《はる》は元気？」

「おまえは会うとそればっかだな。おれがいなくても顔出せよ。母ちゃんも喜ぶからさ」

佐丸はカウンターに置いた携帯を取り、実家で飼っている犬の写真を見せてくれた。初めて会ったときは三歳だった雄犬の春だ。十年経って十三歳。人間の年で言うとかなりの高齢だ。立派なおじいさんだが、毛の色が薄くなり体全体がほっそりした以外、変わりなく思える。

「ティンクも相変わらず？　もう一匹はなんて言ったっけ」

「ちょろ松《まつ》ね。元気にしているよ」

ティンクとちょろ松は父と住んでいるうちの犬の名前だ。ティンクはコーギーで、名前をつけたのは妹。ちょろ松は父が飼いはじめた五年後、飼い主の見つからなかった迷い犬を父が引き取った。豆柴《まめしば》の雑種らしい。ティンクはあとから来た犬と仲良くしてくれるだろうかと案じたが、たちまち姉御肌《あねごはだ》を発揮し、気弱な弟分の面倒を見てくれた。今も二匹の力関係は変わらず、留守がちな家の中でのんびり暮らしている。

携帯から最近の二匹の写真を探して、佐丸に見せた。ついでとばかり、数年前のフォルダーの中から、宮本の家で行われた焼き芋会の写真も表示する。たぶん、高校三年のとき。宮本と佐丸、ぼく、そして川口《かわぐち》や長谷部《はせべ》も写っている。焦げたソーセージから飛び出す肉汁《にくじゅう》に、熱い熱いと子どものようにはしゃいでいるところや、ほくほくのサツマイモが湯気を立ててるところ、香ばしく焦げたおにぎり、コップにつがれたコーラ。懐かしさにかられて笑っていると、佐丸がふと言った。

「春さ、散歩の途中で浜辺に下りると、今でも海に向かって吠えるんだって。背筋を伸ばして胸を張り、雄々《おお》しくワンワン鳴く。そして振り向くんだ。誇らしそうにドヤ顔で。まるで子どもの頃のおれたちがそこにいるみたいに」

寿司屋のカウンターに座っていたけれど、潮風が鼻の先をかすめた。波の音が聞こえたような気がした。海に囲まれた小さな漁村の古びたアパートに引っ越して、なにひとつ希望は持てず、心細くて、やりきれなくて、目に映るすべてが寒々しく思えた小学生の頃、ちっとも馴染もうとしない季節外れの転校生に、笑いかけてくれた人のことをぼくは忘れない。よそ者の舌をもうならせるほど甘い焼き芋をふるまってくれる土地柄に、愛着を覚える。父の異動はぼくにいろんなことを教えてくれた。

飛び込んだ先で得たものを、どこかで、何かの形で生かしていければと思う。

路肩に車を駐めたままぼんやりして、ふと我に返るとあたりは薄暗くなっていた。佐丸の飼い犬、春にも会っていきたいが、ティンクやちょろ松も気になる。自分、というより車が帰ってくるのを待っているだろう。

ぼくはサイドブレーキを外し、ウィンカーを出し、車をゆっくり走らせた。


その日の夜、当直明けと同時に病院の仮眠室で寝ていた父がようやく帰ってきて、ぼくの作った野菜炒めや冷凍してあったシューマイなどを一緒に食べた。

缶ビールを傾けながら引っ越しの様子を話し、懐かしいアパートについても触れ、あのときはどうなるかと思ったよと、外川に来たばかりの頃を振り返った。その流れでもって、今の学部を選んだことについて博和にも話した件が出て、「会ったのか」と聞き返された。父にとっても意外だったのだろう。

それを話すには麻莉香のことをしゃべらなくてはならない。いい機会かもしれない。離れて暮らすようになってから、ふたりきりで過ごす時間はめっきり減った。「実はね」と妹の話を切り出す。先日の帰省で、母のかけていた電話で気になる言葉を聞いたこと。それで思い出したノブ伯父の意味深な顔つき。祖母の病院へのお見舞いで、ばったり出くわした博和との会話。

札幌にいるらしい女性のことを言うと、父の眉根がくっと寄った。

「やっぱり知ってたんだね」

「なんとなく程度だよ。江藤家の人たちは江藤家の秘密をおいそれとは話してくれない」

説得力のある言葉だ。

「お母さんはなんて言ってたの？」

「あんまりしゃべってくれなかった。父さんもしつこく訊く気にはなれなくてね。そういう人がかつての父にはいたという昔話なのと、結婚前に聞かされ、うなずくのがせいぜいだった」

「女の人だけならともかく、子どもまでいたんだろ」

眉をひそめて言うと、父は神妙な顔つきになってうなずく。

「そのようだね」

「お母さんはそれも知ってるよね」

「子どもの話を聞いたのはほんの四年前だ。今言ったように愛人の存在だけ、結婚前にちらりと耳にした。四年前にあらためて尋ねたら、そのときは踏み込んだことを話してくれた。母さんが小学生の頃、同居していた父方のおばあさんから言われたんだって。あなたのお父さんはよそに女性がいて、あなたと同じ年の女の子もいるのよと。まさに青天の霹《へき》靂《れき》だったそうだ。奈落の底に突き落とされた気がしたと言っていた。自分のお父さんをなんの疑いもなく信じ、誇りに思っていたからショックも大きかった」

「どうして、おばあちゃんって人はそんなことをわざわざ言ったの？」

父は缶ビールを一口飲む。

「なんでだろうね。おばあさんは母さんに、あなたこそが江藤家の娘なんだから、ふさわしいようにしっかりしなさいと言ったみたいだ。はっぱをかけたかったんだろうか」

博和の顔が浮かんだ。従兄姉《いとこ》であるぼくや麻莉香と自分を比べ、意識している口ぶりだった。あれはまわりがそうさせているのだろう。その上で、あなたは江藤家の息子なんだからしっかりしなさいと言っている。母も似たり寄ったりの境遇だったのか。

見せてもらった携帯の写真には、母に似た面差《おもざ》しの、母とはちがう女の子が写っていた。秘密にしていても、祖父はふたりの女の子をよく知っている。どちらをより愛しむか。どちらにより目を掛けるか。もう一方の存在に気づけば、考えずにいられない。父親を心底きらうことができなければ、愛されるのは自分でありたいと願ってしまう。父方の曽ばあさんという人は、ショックを受けている小学生の孫に強い呪いをかけたのではないか。

なあフミ、と父が手にしていた缶ビールを机の上に置く。

「父さんたちの結婚のいきさつは、前にも話したことがあっただろ」

「高嶺《たかね》の花だったお母さんに奇跡的に付き合ってもらい、結婚まで漕ぎ着けたんだっけ」

「うん。父さんの良さに気づいて承知してくれたんだと、自惚《うぬぼ》れていたんだよな」

何が言いたいのだろう。

「もうひとりの子どもについて、母さんはノブ伯父さんに聞いたが、伯父さんは絶対いないと否定した。けれどその言葉を信じることができず、母さんは悶々《もんもん》とし続けた。父さんと出会ったのはその頃だった。おじいちゃんに不信感を募らせ、おじいちゃんの住む世界にはいないような男を選びたくなったんだろう。薄々感じてはいたけど、最近になってようやく、自分が思うよりずっと根の深い問題だったと気づいた」

「どういうこと？」

「人の心って矛盾してるんだよ。父親に反発し、否定したくなる。でもその父親に認めてもらうことを強く望む。母さんは反抗心から父さんみたいな男を選んだ。それだけじゃないだろうが、一因ではあったと思うよ。けれど認めてもらいたいという気持ちも消えることなく残った。だからまわりの誰もが一目置くような家庭を築き、おじいちゃんが褒めるような言葉をかけてくれれば、嬉しくてたまらなかった」

もうひとりの女の子にけっして負けてない自分を実感できて、安堵できたのか。たしかに母は徹底して完璧な主婦をめざしていた。そして実践した。隅々まで行き届いた掃除、手作りの食事、吟味され尽くしたインテリア、家族の衣服、もちろん自分の身なり。付き合う友だちもみんな明るく楽しく、金持ちそうだった。たまに開かれるホームパーティのしゃれていたこと。その中で生まれ育ったぼくとしては、どこの家庭もそんなものだと思っていたが大間違いだった。あれは母のたゆまぬ努力の賜物《たまもの》だった。

「でも父さんがある日突然、ぶちこわした。医者としてすべきことをしたんだよ。事情を話せば理解してもらえると考えていた。家族はついてきてくれると思い込んでいた。けれど母さんにしてみれば、あの白金の暮らしはやっと手にした大切な——」

父は言葉を切ったが、言わんとすることは察せられた。長年夢見てきた幸せな日々だったのではないか。だから失いたくなかった。守りたかった。銚子行きは祖父の逆鱗《げきりん》に触れる。失望されれば、もうひとりの見えない存在に負けてしまう。

「大人になっても、親に見捨てられるのは恐いことなのかな」

思わずつぶやくと、父は曖昧に「うーん」と喉を鳴らした。

「フミにはピンと来ないのか。父さんもだよ。でもそれは幸運な巡り合わせのようだ。認めてほしくて頑張る人はたくさんいる。思うような反応が得られずさらに頑張る。それでもまだダメで、もっともっと頑張る。いつしか身も心もぼろぼろになり、自暴自棄に陥る人もいれば、虚無感に襲われる人もいる。途中で立ち止まり、自分なりの折り合いを付けられる人もいるよ。他に関心を向け、ゆるゆる離脱していく人もいるけれど」

「お母さんは？」

恐る恐る口にした。うかがうように父の顔を見ると、そばに来たちょろ松に手を差し伸べ顎の下を撫でる。

「ここ数年だよ。結婚して二十年以上経って、やっといろんなことを話すようになった。きっかけは、父さん、あるとき思いきって言ったんだ。無理して銚子に住まなくていい。ときどき来て、顔を見せてくれれば十分だって。本音とは、正直ちがっていた。でも少し譲るような気持ちで言ったんだ。そしたら母さんはじっと黙って何も言わない。どうしたのかと思ったら、目が潤んでた」

ぼくも父もたしかに、誰かと比べられて苦しむという経験に乏《とぼ》しいのかもしれない。父の両親は男ばかりの三人兄弟を育てるだけで手一杯、元気に大きくなってくれればそれでいいという人たちだ。十年前の銚子行きについては、家族バラバラというのだけ心配していた。地方勤務の方が東京よりのんびりできるのではと、考えているようだった。ぼく自身は比べられたり、自分の方から比べてしまうストレスを抱え込む前に銚子に来た。それどころじゃないというのが正直な気持ちだった。むしろぼくが絶えず気にしていたのは、あのまま東京に居続けた、想像上の自分自身なのかもしれない。

母方の祖父母は未だに、もうひとりのぼくを思い浮かべて惜しむ。銚子への転居を愚かしいこととして嘆く。認めてほしいのならばと名誉挽回の条件をちらつかせる。そうか、母はあれを延々やられていたのだ。

再び父が口を開く。

「父さんが病院に意見書を出したのは数年間、悩んだ末のことだった。母さんには決意まで数十年かかるような悩みがあったんだね。本音を話すようになって、ようやくそれがわかるようになった」

「決意？」

「うん。母さん、自分が東京にこだわるのは、おじいちゃんの件がすべてではないんじゃないかと言い出してね。ある意味、負けず嫌いなんだよ。ここ数年、パートで得た収入で語学スクールに通ったり、日本各地を歩いてみたり、大学の短期講座を受講したりと頑張っていたんだ。そして来年の春からフィンランドで暮らしたいって」

「え？」

「母さんがずっとインテリアの勉強をしていたのは知っているだろ？」

うなずいたが、とまどいのままに目を瞬《しばたた》く。もともと家の中を小綺麗に整えるのが好きで、家具や雑貨の店に足繁く通っていたし、雑誌もよく読む。数年前から知り合いの経営するインテリアショップで働くようになった。インテリアコーディネーターの資格を取りたいと言い出し、勉強して、取得したという話も聞いてはいる。

でも全部、趣味の延長だとばかり思っていたのだ。

「暮らすって何？　旅行に行くのとはちがうの？」

「北欧家具について現地で学んでみたいんだって。そういうオープンカレッジがあるらしい。向こうで雑貨店をやっている人とも知り合いになったので、カレッジ以外の時間は働き、店の二階に住まわせてもらうそうだ。しっかりしてるよ」

言われてどんどん現実味を帯びてくる。今聞いている話は嘘や冗談ではないのだろうか。

「銚子には来なかったのにフィンランド?」

麻莉香と似ているというか、麻莉香の上を行っているというか。

「母さんが言うには、医師としての信念があって父さんは銚子に行った。母さんもそういうものをみつけたいし、やっとみつけられた気がするそうだ」

「それが北欧家具?」

「本人、たしかに一生懸命だよ。清々《すがすが》しい顔をしている。応援するっきゃないだろ。費用だってこつこつ貯《た》めてきたんだから」

「向こうでずっと暮らすの?」

「いや。予算的にも長居はできなくて、今のところ長くても二年と言ってたな」

それを聞いてほっとする。行きっぱなしでは寂しいと思ってしまう自分がいて、まだまだ子どもだと痛感する。

「マリにも教えなきゃ。言ってないよね」

うなずいた父が、テレビの前でじゃれ合う二匹を見ながらため息をつく。

「問題がひとつあってね」

「何?」

「白金の家だよ。二年間、どうしたものか。ローンや管理費はともかく、人が住まなくなってしまうと置いてある植木だって困る。思い切って、あそこを手放すというのも一案かもしれない」

母のフィンランド行きと同じくらい、もしかしたらそれ以上にぼくは驚いた。不思議なことに、銚子に初めて来た日の、車の中の自分がすっぽり重なる。あのときの不安定な気持ち、喪失感がまざまざと蘇り呼吸が荒くなった。

離れて住んでいるのに、そっちに馴染んでいるのに、どうしてぼくは動揺するのだろう。これから先、千葉市内のアパートでの生活が、何事もなかったように続いていくだけなのに。

「お父さんは白金の家がなくなってもいいの？」

少し険しい、きつめの声を出したのに、

「あそこもここも畳んで、父さんもフィンランドに行こうかな。ついてきてほしいって言ってくれないかなあ」

ほんとうに行きそうで恐い。思ったところで妹の顔が浮かんだ。さっきは母にと思ったけれど妹と父は似ている。

その妹には父が寝てしまったあと、銚子の家からＬＩＮＥを送った。すぐに無料電話がかかってきた。混乱し、興奮している口調に、ぼくは「だよな」と満足する。

ひとまず妹の一番の危惧は離婚だったので、そうではないとわかって胸を撫で下ろしたようだ。長くても二年と聞き、ますます安心したのかその間に遊びに行かなくちゃと言い出す。やはり父と似ている。大胆で向こう見ずでタフ。しかしそのあとの、白金の家を畳んでしまう話については悲鳴に近い声を上げた。

ふたりとも背中を向けて出て来た家なのに、なくなってしまうことに反対したくなる。我が儘だろうか。

「家は残そうよ。いつもはバラバラに暮らしていてもさ、たまにはみんなで集まりたい。会いたいよ。それには白金の家がなきゃダメなんだよ。あそこがあるから私は今の女子寮でやっていけるんだもん」

聞きながら布団の上に寝っ転がり、天井を見つつ「そうだな」と相槌を打つ。さっき話を聞いたときの喪失感は、生まれ故郷をなくすような恐れにかられたからだろう。瞼《まぶた》を閉じると、なつかしい白金の街が浮かぶ。表通りは何車線もあって車もバスもトラックもひっきりなしに行き交うが、一本路地に入れば閑静な住宅街で昔ながらの和菓子屋やパン屋が未だ健在、デザイン事務所やセレクトショップも軒を並べる。小さな公園にはベビーカーを押した人たちが集まり、木々は豊かに茂り、家々の窓辺に花が咲きほこる。学校帰りの小学生が覚えたての歌をうたいながら歩き、白髪《しらが》のおばあさんがワンピースにクロコダイルのバッグを合わせ、呼び寄せたタクシーに乗り込む。

生まれ育った街の風景だ。たとえ自分は離れても、いつまでもそこにあってほしい。帰れる場所でいてほしい。

母もだろうか。

それからは家族間でＬＩＮＥが飛び交った。母は渡欧の準備について進捗《しんちょく》具合を記し、父はもっぱら母を励まし、妹は札幌の様子を書きながらも白金の家を売らないようくり返し、ぼくは卒論のまっただ中だったので、その状況や、春からの大学院についても何をやりたいか、気がつくと長々と書いていた。

年末年始は久々に四人が集まり、母は腕によりをかけておせち料理を作った。大晦日《おおみそか》はすき焼きを囲み、元日は雑煮を食べたあと明治神宮まで初詣《はつもうで》に出かけた。二日には母方の祖父母である江藤家に顔を出し、すっかり年を取ったものの矍鑠《かくしやく》としているおじいちゃんからお年玉をもらったが、そのおじいちゃんの関心はもっぱら医学部に入った妹へと向けられた。

ぼくは博和たちとテレビを見て、銚子に戻るという父と共に引き揚げた。

母は実家の人たちにフィンランド行きを詳しく話していない。なので長期旅行くらいにしか考えていないようだ。それでいいのかもしれない。お眼鏡に適《かな》う行動かどうか、向こうが判断することだ。自分は自分でこつこつと誠意を持ってやっていくだけだ。これは以前、父に言われたことかもしれない。

「お父さん」

護国寺駅から地下鉄に乗り、有楽町《ゆうらくちょう》駅に出る。そこからＪＲに乗り換え東京駅まで。途中で別れると思っていたぼくがいつまでもついてくるので、訝しむ顔をされた。

東京駅のコンコースを歩きながら話しかける。

「おれ、千葉のアパートを引き揚げて、白金の家に戻ろうかと思うんだ」

雑踏の中、父の足が止まる。

「マンションから千葉まで一時間ちょっと。大学にも通えるし」

驚いたらしく目を瞬くだけだ。人にぶつかりそうになり、ふたりして壁際に移動する。

「いいのか？　と言うのもおかしなもんだが」

「アパートの荷物は大したことないけど、マンションの荷物はたいへんだよ。花や緑もいっぱいある。水をやらなきゃね。とてもお母さんみたいに掃除はできないけど」

「それは助かるよ。母さんも喜ぶ。もう話したか？」

肩をすくめて笑う。こういうのを照れ笑いというのだろう。今日の夜にでも、と答えた。

「今度は母さんを送り出さなきゃ。そう思うんだよね」

母の好きだった白金のマンションは、みんなも好きで、だいじに思っている。それはあそこで自分自身がひどくおびやかされ、見えない傷を負い、強い束縛を受けたことがないからだろう。ぼくが銚子に行けたのも、母に見捨てられるという畏れを持たなかったからだ。さんざん困らせ嘆かせたのに、母がほんとうの意味で失望するとはきっと思っていなかった。そういう不安を抱かずに済むよう育てられた。母は実家の顔色をうかがい、評価を延々と気にしていたのに。自分の意志や趣味嗜好を見失うほどがんじがらめになっていたのに。呪いの言葉でぼくたちを縛ることはなかった。作り置きの料理ひとつにも、たたまれた洗濯物ひとつにも、惜しみなく注がれる愛情を感じずにはいられなかった。

だから今度はぼくの番だ。留守は守るから心置きなく行っておいでよ。気が済んだらいつでも帰ってくればいい。

失うのではなく得るために、初めての見知らぬ場所に、自分の意志で、思いきり飛び込んできなよ。

父の腕が伸びていきなりぎゅっと抱きつかれた。

「フミ、ありがとう」

あわてて「よせよ」と身をよじった。

「酔ってるんだ。電車、まちがえたらダメだよ。ホームまで送っていこうか」

コートに包まれた背中をぽんぽんと叩きながら、ぼくは時計をたしかめる。しおさい号の発車まであと二十分。ゆっくりでいい。

父の相手もしなきゃね。元気が出るように、二匹の犬の話でもしてみようか。

解説

北上次郎《きたがみじろう》（文芸評論家）

本書のラスト近く、二十二歳の平山史彰《ひらやまふみあき》に、佐丸《さまる》が雄犬春《はる》の写真を見せる場面がある。史彰が初めて春に会ったのは十年前なので、春はもう十三歳だ。立派なおじいさん犬だが、毛の色が薄くなり体全体がほっそりとした以外、変わりなく思える。史彰も高校三年生のときに同級生の家でやった焼き芋会の写真を携帯のフォルダーから探して佐丸に見せる。同級生3人と佐丸、そして史彰が写っている。焦《こ》げたソーセージから飛び出す肉汁《にくじゅう》に、熱い熱いと子どものようにはしゃいでいるところや、ほくほくのサツマイモが湯気をたてているところ、香ばしく焦げたおにぎり、コップにつがれたコーラ。当時のことを思い出していると、佐丸が言う。

「春さ、散歩の途中で浜辺に下りると、今でも海に向かって吠えるんだって。背筋を伸ばして胸を張り、雄々《おお》しくワンワンと鳴く。そして振り向くんだ。誇らしそうにドヤ顔で。まるで子どもの頃のおれたちがそこにいるみたいに」

十年前に史彰が父に連れられて銚子《ちょうし》の町にやってきたとき、母と妹と別れたことが淋しくて、父についてきたことを早くも後悔し、転校先の学校で友達もいなくて困惑していたら、最初に誘ってくれたのが佐丸だった。同級生の家に行って焼き芋を食べた。それが十年前、史彰六年生のときだ。佐丸の実家で飼っていた春を連れて浜辺にいき、海へ向かって吠えろとけしかけたのもそのときである。佐丸の実家では近所迷惑になるから鳴かないようにしつけているのだが、面白いからとけしかけたのだ。ワンワンキャンキャンと手本を見せて。どうやら春はそれを覚えているらしく、いまでも浜辺にいくと海に向かって吠えるのだという。

史彰と佐丸が見せあった写真の向こうには、銚子の町で暮らした十年の歳月がある。ただの十年ではないのだ。組織に反抗して都会から飛ばされた父親について行った史彰は、中学受験も断念し、母と妹とも別れ、男二人の不自由な暮らしを選択したのである。しかもそれが本当に選ぶべき道だったのかどうか、本人にもわからないのだ。十二歳の少年が母親と別れて暮らす淋しさは、私たちの想像を超えている。東京にいる母親がやっと訪《たず》ねてきたかと思うと、泊まりもせずに帰ってしまうのでは、余計に辛《つら》い。駅で母を待つ少年の鼓動《こどう》が、行間から立ち上がってきて、ちくんと胸が痛くなる。さまざまな思いがその写真の向こうにひろがっている。

そういう十年を経《へ》ていま、史彰は写真を見ている。このシーンで立ち止まるのはそのためだ。

もう一つの場面を引く。史彰の母親である華奈《かな》が、祖父母の墓参りの帰りに、夫との会話を突然思い出すくだりがある。夫の実家を訪ね鬼怒川《きぬがわ》に案内されたとき、この川はどこまで流れているのか、東京に来てない？　と聞くと、「残念ながら利根川《とねがわ》と合流し、千葉に行ってしまうんだ」と夫が言う。その会話を思い出し、利根川と合流してからどこへ向かうのだろうと路地で立ち止まり、その場で検索してみるのだ。地図を画面いっぱいに表示して、利根川の流れをたどっていく。利根川は東へ東へと伸びて、そして華奈は息を止める。鬼怒川と合流した利根川が最後にたどり着くのは、夫と長男が住む銚子だったのだ——という場面だが、路地で突然立ち止まる華奈のアップから、急にカメラがパンして俯《ふ》瞰《かん》の図になっていくような感じがある。こういう一つずつの細部が素晴らしい。

印象に残った二つの場面を紹介するだけで、本書がどういう内容なのかをここまで全然書いてないことにいま、気がついた。職務上まずいだろうから、簡単に書いておく。小説の醍醐味《だいごみ》はストーリーにはなく、それをどういうふうに描くのかという細部にこそあるのだが、粗筋《あらすじ》の紹介もこれから読む人のヒントにはなるだろうから意味のないことではない。

だから、簡単に書く。

父親が銚子の町に転勤になったために、ばらばらになった家族を描く小説である。ばらばらというのは、長男は父親についていったものの、母親と妹は東京に残ったからである。その家族の十年間を、長男→父親→母親→妹→長男、と語り手を変えて描いていく連作小説である。

本書を読む前に知っておくのはこれだけで十分だ。あとは、大崎梢を信頼して黙って読まれたい。いや、もう少し書いておく。

大崎梢は、『配達あかずきん』『晩夏に捧ぐ』『サイン会はいかが？』などの成風堂《せいふうどう》書店シリーズが有名だが（書店員という仕事を紹介しながら、さまざまな謎を解いていくシリーズだ）、これは「お仕事小説」＋「日常の謎ミステリー」でもある。このシリーズが多くの読者をつかまえたのは、情報小説としての面白さと、ミステリーの愉《たの》しさがぎっしりとつまっていたからだろう。しかしもちろん、大崎梢はその「成風堂書店シリーズ」だけの作家ではなく、さまざまな作品を書いている。その一つが、２０１３年『ふたつめの庭』→２０１５年『空色の小鳥』→２０１６年『よっつ屋根の下』と続く「家族小説」の路線なのである。『ふたつめの庭』はまだ恋愛小説の要素が濃《こ》かったが（つまり「恋愛小説」＋「家族小説」だ）、『空色の小鳥』ではその要素すら削《そ》ぎ落としている。いや、敏也《としや》と亜沙子《あさこ》の関係が描かれるから少しはあるか。しかし『ふたつめの庭』よりは極端にその要素は薄まっている。薄まった分、家族小説の要素を濃くしているのだ。しかしその『空色の小鳥』は、ミステリーの要素を足していて、それがこの長編をスリリングなものにしている点は見逃せない。すなわちこれは、「家族小説」＋「ミステリー」でもある。

そういう流れの中におくと、本書『よっつ屋根の下』の特徴も見えてくる。ここには、恋愛もなければミステリーもない。純粋な家族小説といっていい。いや、この言い方はおかしいか。恋愛の要素も、ミステリーの要素もまったくないわけではない。そんな小説は滅多《めった》にない。この『よっつ屋根の下』にも、麻莉香《まりか》と翼《つばさ》の幼い恋はどうなるのかとか、華奈が銚子に行く日は来るのかとか、少なからずそれらの要素はあったりする。先行2作に比べて、それらの要素は少なくなっている、というにすぎない。だから、こう言い換える。そういう要素を削ぎ落としてもたっぷりと読ませる、というのが大崎梢の成熟なのである。

最後に、本書が刊行されたときに私が書いた新刊評を引いておく。

父が千葉に転勤になったとき一緒についていったのは小学六年の史彰だけで、小学三年の妹と母は都心の家にとどまって、それから長い別居生活が始まっていく。これはそうやってばらばらに暮らす家族の物語だが、それでもばらばらにならないのがキモ。つまり「ひとつ屋根の下」ではなくて、「よっつ屋根の下」なのだ。母華奈のキャラを始めとして登場人物の造形がいいので、どんどん引き込まれていく。

これに少しだけ付け足しておけば、ここには、家族は必ずしも一緒に暮らさなくてもいいのだ、という真実がある。ひとつ屋根の下にいても心が離れている家族はたくさんいる。それに比べて、みんながばらばらに暮らしていても、心が寄り添い、繫《つな》がっているならばそれこそ家族というものではないか。そういう真実が堂々と語られていることが素晴らしい。もしこの小説をお読みになって、大崎梢は素晴らしいと思ったら、次は『空色の小鳥』をお読みになることを薦《すす》めたい。

初出
海に吠える　『Wonderful Story』（二〇一四年一〇月、ＰＨＰ研究所刊）
君は青い花　「小説宝石」二〇一六年一月号
川と小石　「小説宝石」二〇一六年三月号
寄り道タペストリー　「小説宝石」二〇一六年五月号
ひとつ空の下　「小説宝石」二〇一六年七月号

二〇一六年八月　光文社刊

光文社文庫

よっつ屋根《やね》の下《した》
著　者　大《おお》崎《さき》　梢《こずえ》

2018年12月20日　初版1刷発行

発行者　鈴木広和
印　刷　慶昌堂印刷
製　本　榎本製本

発行所　株式会社　光文社
〒112-8011　東京都文京区音羽1-16-6
電話（03）5395-8149　編集部
8116　書籍販売部
8125　業務部

落丁本·乱丁本は業務部にご連絡くだされば、お取替えいたします。
ISBN978-4-334-77765-4　Printed in Japan

組版　萩原印刷